〜もみじ〜
「ワタシ…人形じゃありません…」
ルネ 原作
雑賀 匡 著
川合正起 原画
PARADIGM NOVELS 126

登場人物

御《み》門《かど》和《かず》人《と》

日本有数の資産家である御門家の跡取り。母親は彼を生むと同時に亡くなり、父親も外出がちなため交流はない。幼い頃から帝王学を仕込まれ、自分以外の人間を見下している。

城宮《しろみや》　椛《もみじ》　和人と同じ学園に通う女の子。不幸な境遇であるためか誰にも心を開かない。幼児体型だが敏感。

御門《みかど》　静流《しずる》　幼いころ御門家へ引き取られる。和人のよき理解者。椛のことも何かと世話をやく優しいお姉さん。

赤嶺《あかみね》　真理《まり》　御門家の有能なメイド長。誠意をもって和人に仕えているが、椛の存在を疎ましく思っている。

藤代《ふじしろ》　綾音《あやね》　和人の後輩。なにかと和人にまとわりついてくる。明るくて一見可愛い少女だが、表裏の激しい性格。

第1章　椛

第4章　綾音

目次

プロローグ　5
第一章　椛という少女　23
第二章　真理と静流　55
第三章　不安と戸惑い　93
第四章　罠と報復　121
第五章　体温を伝える相手　151
第六章　和人の心は……　185
エピローグ　217

プロローグ

御門和人《みかどかずと》の目の前に、ベッドに横たわる人形のような少女がいた。

「椛《もみじ》……」

肩で切りそろえられた艶《つや》やかな髪。

年不相応に幼い顔と身体《からだ》。

その大きな瞳《ひとみ》は、和人の呼びかけに答えようともせず、ジッと天井に向けられている。

彼女の名は城宮《しろみや》椛……。今日から、和人のものとなった少女だ。

和人は椛の横たわるベッドに腰を掛けると、そっとその顔を覗《のぞ》き込んだ。

「これから、なにをされるか分かっているのか？」

「……………………」

椛は和人の問いかけに、無表情な瞳を天井に向けたまま小さく頷《うなず》いた。どうやら自分の置かれている状況は理解しているらしい。

「だったら、少しは抵抗してみせたらどうだ？」

「……慣れて……ますから……」

椛は静かに言った。

「慣れてる？　セックスをすることに慣れているのか？」

和人が意地の悪い質問を浴びせると、椛はさすがに顔を赤らめ、否定するように強く首を振った。

「それじゃあ、なにに慣れているんだ？」

「それ……は……」

椛は言いよどんだが、和人には分かっていた。

彼女が慣れているのは諦《あきら》めること……だ。

そして、なにも望まないこと。

これまでも、椛は自分の意志を無視され、立場も状況もすべて他人にコントロールされ続けてきたのだ。

だから、彼女はすべてを黙って受け入れ……諦める。

和人はそんな椛に憎悪を感じた。なにもせず、流されるままに生きるというのは、和人にとってもっとも嫌いな考え方だ。

「抵抗するつもりがないなら……」

「はい……ご自由にどうぞ……」

椛は囁《ささや》くように言う。

「私は、あなたにお金で買われた身ですから……」

「……いいだろう。自由にさせてもらう」

今夜は椛を屋敷に連れて来た初めての夜だ。ちょっと脅して反応を見るだけのつもりだったが、予定を変更して本当に抱くことにした。

椛がいつまで無表情を続けていられるか、見届けてやりたくなったのだ。

「では、まず制服を脱げ」

「……はい」

椛は和人に命じられるままに、セーラー服のリボンに手を掛けた。

その指先が微《かす》かに震えているのを、和人は見逃さなかった。


学園で初めて椛を見掛けたのは、クラスメートたちが遊ぶ中でひとり黙々と教室の掃除をしている姿だった。

おとなしく……なんの自己主張もしない、地味な少女。

それが第一印象だ。

特に目を引くような存在ではなかったが、なんの感情も表さないところがカンに障《さわ》った。

和人は自分の意志を持たない者を嫌悪していた。自分の意志を持っているくせに、それを表に出さず、他人に迎合しようとする者はもっと嫌いだ。

そういう意味でも、初めて椛を見た和人は無性に腹が立った。

そして……少し気になった。

ただおとなしいだけではなく、椛の瞳には暗い影があるような気がしたのだ。

だから、ほんの暇つぶしのつもりで少女のことを調べてみたのである。

……両親は六年前に事故で他界。

現在は親戚《しんせき》に引き取られているが、両親の財産を横取りされた上に邪魔者扱いされているらしい。元々身体が弱く、それ以上に気が弱いため、両親の死後はほとんど口をきかなくなっていたようだ。

まるで自分の存在を消してしまいたがってるかのように……。

些細《ささい》な好奇心を満たしてくれれば、それでよかったはずなのに、椛のことが分かれば分かるほど、和人は彼女のことが気になった。

この学園に入学してから、椛には友達はおろか言葉を交わす相手もいない。

和人にも友達と呼べる者はいなかったが、それは自分で望んだことだ。

日本で有数の資産家である御門財閥のひとり息子である和人には、クラスメートはもとより教師の中にすら気やすく話しかけてくる者はいない。

だが、和人はそれを、自分は他の者たちと違う存在なのだからと納得している。

では……椛はどうなのか？

一見すると、椛は和人と同類のように感じるのだ。

……いや、そんなことはありえない。

和人は自らの思いを否定した。

椛と自分とでは、生まれも育ちも……そして、心の強さも違うのだ。椛は他の者と同様に、和人にとってどうでもよい存在だ。足元に蠢《うごめ》く虫だ。

ならば……何故《なぜ》、こんなにも椛のことが気になるのだろう？

何度も自問してみるが、どうしても明確な答えを出すことができなかった。椛のことを知ったせいで、和人は自分のことが分からなくなってしまったのである。

このような状態を許すわけにはいかない。

いずれは父親の跡を継いで御門財閥の総帥となる身としては、どんな些細なことにでも、つまずいてはいけないのだ。

椛の里親が経営する会社……つまり、元は椛の両親の会社だが、和人はそこに裏から手をまわして倒産寸前に追い込み、融資をするための条件として椛を住み込みのメイドとして働かせるように仕向けた。

財閥経営のために帝王学を学ばされた和人にとって、この程度のことに、わざわざ父親の手を煩わせることもない。資金もポケットマネーで十分であった。

和人が派遣した代理人の言葉に、里親は大喜びして椛を手放した。元々、彼女の存在を厄介に思っていたのだろう。クズのような連中だ。

和人は近いうちに、そんなクズ共の会社など潰《つぶ》してやるつもりでいた。もちろん、債権の回収はキッチリと行うが、そこから先は父親に任せてしまってもいいだろう。

とにかく……和人は、椛を屋敷で暮らさせることにしたのだ。

今後はどうするか決めていなかったが、しばらくは様子を見ることにしよう。

まずは椛がどういう人間なのか見極めることだ。

なにが和人の気を引いているのか、椛自身が知らないことさえも、徹底的に調べ尽くしてやるつもりでいた。

そう……身も心も……。

そうすれば、椛のことなど気にしなくなるに違いない。忘れて思い出すことさえも。

……だから、椛。お前のすべてを見せてみろ。


椛が下着姿になったところで、和人はいきなりブラをたくし上げてキスをした。

「ンッ……！」

椛は大きく目を見開いて和人を見た。

唇を小刻みに震わせ、瞳は明らかに不安の色に満ちている。その様子を見て、和人は一旦《いったん》、唇を離した。

「なんだ……キスもしたことないのか？」

「…………」

椛はなにも答えずに顔を背《そむ》けたが、その様子を見れば、和人の指摘が事実であることは明らかであった。

「なら、ファーストキスの相手が俺《おれ》だったことを光栄に思うんだな」

そう言いながら、和人は椛の頬《ほお》を両手で挟んで再び唇を重ねていった。

「んンッ……んッ」

舌を伸ばして唇にねじ込んでいくと、椛は苦しそうに声を上げる。その瞬間を狙って、和人は舌を椛の口内へと潜り込ませると、彼女の舌を絡め取った。唾液をのせて溶かすように、縮こまった椛の舌を味わう。

「あふっ……ふッ」

そっと唇を離すと、唾液が糸を引いた。椛はキスをしただけで頬を紅潮させ、はあはあと大きく息を吐いている。

和人は椛のショーツの端に指を掛けると、一気に剥《は》ぎ取った。

「あッ……」

さすがの椛も恥ずかしそうに上体を起こし掛けたが、和人が睨《にら》みつけると、再びベッドに横たわった。

身体にはわずかにブラが張りついているだけの状態だ。いくら和人に自由にされることを承知していても、羞恥心《しゅうちしん》だけは完全に消し去ることができないのだろう。椛は和人の視線から少しでも逃れようと、わずかに身体をよじらせた。

「……服の上から見ても分かったが、やはり貧相な身体だな」

和人が身体に視線を這《は》わせながら呟《つぶや》くと、椛は恥じ入るように瞳を伏せる。

同じ年頃の女の子に比べて、椛はかなり未発達な身体をしていた。背が低くても胸の大きな少女はたくさんいるが、目の前の椛はまるで子供のような体型だ。

「胸は小さく、腰が細いのはよいがガリガリだ。ヘアも薄いし、尻《しり》も小さくて硬そうだな」

「ウッ……」

椛は、羞恥に顔を赤く染めながら唇を噛《か》んだ。今まで人に馬鹿《ばか》にされることはあっても、こうして裸体を鑑賞され、辱《はずかし》められることはなかったのだろう。

「……どれ」

「あッ……!?」

和人が指で胸に触れた途端、椛は声を上げた。全身をわななかせ、ブルブルと小振りな乳房を震わせる。

「ほう……随分と敏感なんだな」

「……びん……かん……？」

こうした経験のない椛は、和人から与えられる刺激に対して、自分がどう反応しているのか理解できないのだろう。

「そう、感じやすい身体だということだ」

和人は手のひらを使って、椛の乳房全体を包むように揉《も》み上げた。

「あッ……ウッ……」

まだ発達途中にある乳房は硬く、わずかに芯《しん》を感じた。質感はないが形はよく、適度な柔らかさを持っていて、触り心地のいい胸だ。乳輪の中に、乳首が埋もれるように潜んでいる。掘り起こすように指で愛撫《あいぶ》を加えてやると、健気《けなげ》に頭をもたげ始めた。

「ああッ……こんな……な、なんで……」

初めての快感に、椛は戸惑うように身悶《みもだ》え始めた。

「そんなに感じてるのか？　ちょっと揉まれただけで、こんなになってしまうとはな」

「やッ……アッ……くウッ……」

椛は恥ずかしさと快感が入り交じったような表情を浮かべている。

「これはどうだ？」

和人は硬く身を引き締めた乳首を、指の腹でギュッと押してやった。

「アッ……やああァァ……ッ」

椛は手足を突っ張るように、大きく身体をのけ反らせる。すでに椛の薄い茂みの奥からは透明な液体が溢《あふ》れ出し、ベッドのシーツに小さな染みを作り始めていた。

「すごいな……幼児体型のくせに、どうしてこんなに感じやすいんだ？」

「……ッ！」

「こんなに小さな胸でも、揉んでやれば乳首を立てる。乳首を摘《つま》めばアソコを濡らす……」

「……やめてっ！」

椛は両手で耳を塞《ふさ》いで、大きく頭を振った。

「やめて……ください……」

「どうした、違うというのか？　だったら自分がなにをされて、どんなふうに感じたのかを言ってみろよ」

「……そ、それは……」

椛はなにかを言おうとして顔を上げたが、言葉にすることができずに俯《うつむ》いてしまった。

「まあ、心配するな。これだけ感じやすい身体を持っているんだ。すぐに成長するさ。大人《おとな》の……いやらしい身体にな」

和人はそう言いながら身体をずらすと、椛の下半身に移動して内股《うちもも》に両手を掛けた。

「アッ……いやッ」

「どうした？　お前は俺のものなんだから、なにをしてもいいんだろう？」

「あ……」

和人がニヤリと笑みを浮かべると、椛は言葉を詰まらせた。自由にしてもいいと言ったのは、彼女自身なのだ。

無言のまま力を抜いた椛の膝を掴《つか》むと、和人はそのまま左右に押し開いた。薄い茂みの奥に肉壁が丸見えになる。

「ああ……」

すべてを和人の前に晒《さら》してしまった恥ずかしさに、椛は太股をブルブルと震わせながら、今まで以上にきつく目を閉じる。

和人はそっと椛に触れると、割れ目を指で広げてみた。

「あッ……！　いやッ」

椛の身体が大きく揺れた。ピンク色の粘膜がすっかり濡れている。和人は割れ目に沿って何度も指を動かし、その一番上にある突起を指で転がした。

「あッ……ウッ……クッ……」

椛はガクガクと膝《ひざ》を震わせながら、シーツを握りしめる。

おそらくオナニーすらしたことがないのだろう。生まれて初めての快感に、椛は身体をよじって身悶えた。

「すごい濡れ方だな、まるでお漏らししたみたいだ」

「いやァァ……」

自分でも濡れていることが分かるらしく、椛は消え入りそうな声で囁きながら、大きく否定するように首を振った。

「どれ、味見をするか」

「ひッ……ッ!!」

和人がヒクついている肉壁に唇を寄せると、椛は雷に打たれたように身体を痙攣《けいれん》させた。

「ああッ……なに……アッ……」

戸惑うような椛の声に合わせて、奥から次々と愛液が溢れてくる。和人の唇の周りは、あっという間にベトベトになった。

「すごいな……椛。こっちはどうだ?」

「ウッ……んクッ!」

和人は割れ目をこじ開けるようにして、ゆっくりと指を沈めてみた。

まだなんの侵入も許したことのない椛の膣内《ちつない》はひどく狭かったが、比較的スムーズに指を飲み込んでいく。進むたびに指は熱く柔らかな感触に包まれ、溢れ出してくる愛液が指先を濡らした。

椛の身体を見た時、あるいは挿入するのは無理かも知れないと思ったが、やはり外見は幼くとも、しっかりと男を受け入れられるようにはなっているらしい。

念のために……と、和人は指を出し入れを繰り返しながら、椛の胸に顔を寄せて小さな乳首を口に含んでやった。唇で吸い上げながら、舌先で弾《はじ》くように愛撫を繰り返す。二ヶ所を同時に責められて、椛はアン、アンとか細いながらも甘い声を上げ始めた。

「そろそろ大丈夫だな……」

椛が十分に濡れたことを確認すると、和人はズボンを下着ごと脱ぎ捨てて身体を重ねた。すでに硬く怒張していた肉棒を、秘肉の中心に押し当てる。

「いくぞ」

「え……あっ……いやっ」

いよいよ入れられると知って、椛は身体を震わせながらグッと全身に力を込めた。覚悟はしていても、身体の方が勝手に反応してしまうらしい。

本来なら優しい言葉のひとつでも掛けてリラックスさせてやるべきなのだろうが、和人はそこまで気を使うつもりはなかった。

椛の腰を押さえつけると、ゆっくり身を進めていく。

「アッ……くッ……あッ、あああッ！」

椛の顔が破瓜《はか》の痛みに歪《ゆが》んだ。

「いたッ……やあァァッ！」

さすがに指と違って、肉棒を入れるとかなりの抵抗を感じる。これまで一度も開いたことのない膣の内部が、和人の怒張によって押し開かれていくのだ。メリメリという音が聞こえてきそうなほど生々しい感覚だ。

「ウクッ……あッ……あああッ」

椛の閉じた目に大粒の涙が浮かび、頬を伝って流れ落ちた。

男に犯されたのが辛《つら》いのではない。

こんな形で処女を奪われたのが悲しいのでもない。

これまで辛くても悲しくても泣かなかった椛が、単純な痛みに泣いているのだ。

まるで童女のように。迷子になっても泣かない子供が、転んだだけで泣いてしまうのと同じように……。

椛はこれまでの境遇のせいで感情を無くしてしまったのではない。ただ押し殺しているだけなのだ。彼女の言う諦めるとは、そういう意味だ。

そして、その壁はなにかのキッカケがあれば穴が空き、その向こう側にいる椛の素顔が見える。それこそが、和人の望むものであった。

「痛いッ……いや……動かないでっ」

椛は涙声で訴えた。

だが、和人の中でもやもやとして得体の知れない感情がわき起こり、気付くと椛の哀願を無視して激しく腰を動かしていた。

「あぁッ……痛いのッ……痛い……」

……椛が泣いている。

和人は椛の涙を見たことがなかった。

もっと見たいと思った。

椛が初めてであることを承知しながらも、和人は椛の泣き顔を求めて、今まで以上に腰を振り立てていった。

「うう……やめてッ……ああッ！」

すがるもののない椛は、片手でベッドのシーツを握り、もう片手を口元にあてた。唇で指を噛みしめ、少しでも苦痛を紛らわせようとしているかのようだ。

だが、和人が何度も腰を振り続けるうちに、椛の表情から次第に苦痛の色が薄れていく。

「ウウッ……痛いのに……なに……？」

椛はいつの間にか、頬を上気させて喘《あえ》ぎ始めている。並はずれて感じやすい椛の肉体は、痛みさえ快感に変えてしまうようだ。

「ふふふっ」

和人は笑いが込み上げてきた。

男を受け入れて喘ぐ椛。これも今まで見たことのない表情だ。これから先、何度でもこんなふうに椛の乱れる姿を見ることができるのだ。

「これからも可愛《かわい》がってやるぞ、椛。……たっぷりとな」

急速に高まっていくのを感じた和人は、やがて絶頂を迎え、椛の中から素早くモノを引き抜くと、びくびくと波打つ腹の身体の上に射精した。

第一章　椛という少女

誰《だれ》かが和人の肩を揺らしている。

気を抜けばまどろんでしまいそうであった和人は、その肩を揺らす手に引き戻されるようにして覚醒《かくせい》した。ゆっくりと目を開けると、ベッドの横には椛の姿があった。

「……おはよう……ございます」

「お前が起こしたのか？」

和人はベッドから身体《からだ》を起こしながら問い掛けた。

不機嫌そうな和人の質問に、椛は少し後退《あとずさ》りながらも、おずおずと頷《うなず》き返す。

「……ああ、そうだったな」

思い出した。昨夜、椛に起こしにくるように命じておいたのだった。

「ご苦労だった」

和人がそう言うと、椛は相変わらず無言のまま、こくんと頷いた。

「それで……あの……」

「なんだ？」

ベッドから降りて着替えようとしていた和人は、めずらしく自分から話し掛けてくる椛の言葉に振り返った。

「私の服……他のみなさんと違うのは……」

「お前はメイドじゃないからな。その服は、お前のためにわざわざ作らせたんだ」

椛は和服調のエプロンドレスを身に纏《まと》っている。別に和人の趣味というわけではない。他のメイドたちと区別するために、あえてまったく違うデザインの服にしたのだ。

「でも……私はこの屋敷にご奉公に……」

「いつの時代の言葉だ、それは」

和人は思わず苦笑した。

「それに、俺《おれ》はお前をメイドとして雇った憶えはないぞ」

「あの……でも……」

「勘違いするな。おまえはこの家ではなく、俺に仕えるためにここにいるんだ。だから、他のメイドのような仕事はしなくてもいい」

納得したわけではないだろうが、椛は和人の言葉を噛《か》みしめるようにして頷いた。どちらにしても、和人に仕えることは間違いないのだ。

「その代わり俺の命令には絶対服従だ」

「……はい」

椛は小さく言った。

「とりあえず、毎日、朝と夜に俺の部屋まで来い。朝は俺を起こすのが仕事だ」

「はい……」

「夜は……その都度考える」

和人がそう言うと、椛の顔がサッと青ざめた。咄嗟《とっさ》に昨夜のことを思い出したのだろう。椛に夜に仕事があるとすれば、それは伽《とぎ》以外にはないのだ。

「ふふふっ、昨日はだいぶよかったみたいだな」

和人が顔を覗《のぞ》き込むと、椛は身体を震わせながら視線を逸《そ》らせた。

「だが、まだまだ序の口だ。これから、もっとお前の知らない世界を教えてやる」

……もっとも、椛に知らない世界を教えるには、なにも夜に限ることはないのだがな。

怯《おび》える椛の横顔を見つめながら、和人はひそかにほくそ笑んだ。

朝食を食べるために椛を連れて食堂に入ると、待ちかまえていたふたりのメイドが和人に向かって頭を下げた。

メイド長の赤嶺《あかみね》真理《まり》と、和人付きのメイドである御門《みかど》静流《しずる》である。

「おはようございます、和人様」

「おはようございます」

いつものことなので、和人は挨拶《あいさつ》も返さず、ふたりの間を通ってテーブルについた。長く御門家で働いているだけに、真理たちも和人の性格など知り抜いている。無言のまま和人に従った。

「……ん？」

テーブルの上を見まわして、和人は傍《かたわ》らに立つ真理に声を掛けた。椛がいるというのに、和人の分しか朝食の準備がされていないのだ。

「椛の分はどうした？」

「用意してございません」

「なんだと……？」

和人は叱責《しっせき》の意味を込めて真理を睨《にら》みつけた。

「ほらぁ、だから言ったじゃないですか」

静流が困惑したように、真理を肘《ひじ》でつついた。

だが、真理は毅然《きぜん》とした態度のまま、

「お言葉ですが、和人さま」

と、静流を押し退《の》けるように、スッと一歩だけ前へと踏み出した。

「使用人が主人と食事を共にするのには問題があると思います」

「椛は使用人ではない。これは昨日のうちに言っておい

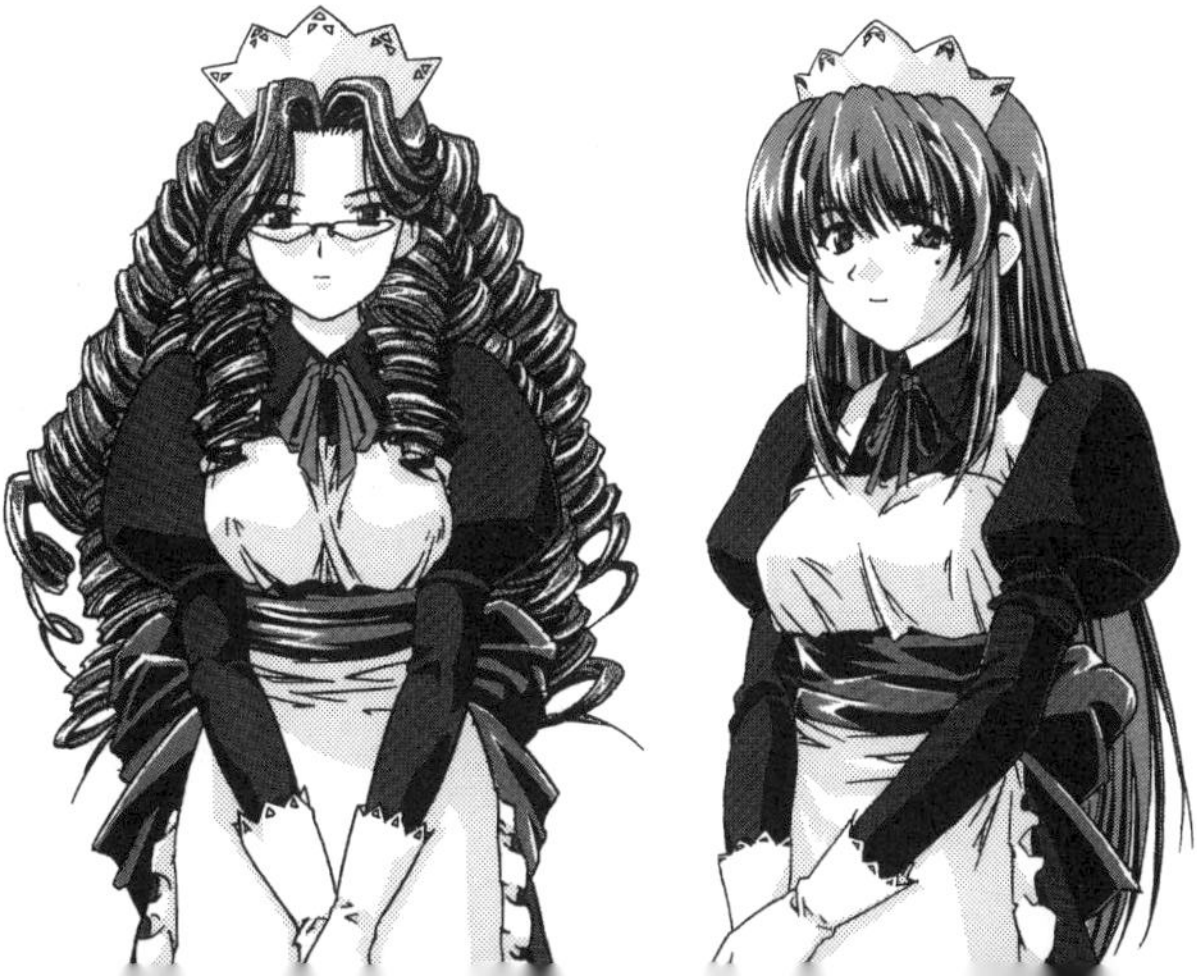

たはずだ」

「しかし……それでは……」

「くどいっ！　何度も言わせるな」

「……申し訳ありません」

和人が一喝すると、真理はとりあえず口をつぐんだ。だが、納得したのではないということは、その不満気な表情を見れば一目瞭然《りょうぜん》であった。

「椛、お前もそんなところに突っ立ってないで、早く座れ」

「でも……」

椛は真理と和人の顔を、困ったような表情で交互に見つめている。

「はいはい、椛ちゃんはここね」

静流が手早くテーブルに椛の分の食事を並べると、イスをひいた。

「………………」

静流に手招きされて、椛は和人に窺《うかが》うような視線を向けた。頷いてやると、おずおずとイスに座る。それを合図に、真理は一言も発さずにサラダや飲み物の給仕を始めた。

真理はまだ十分に若いが、和人が生まれる前から御門家に仕えるベテランのメイドだ。屋敷に何人もいるメイドたちを使って、内向きのことを完璧《かんぺき》にこなす優秀な女性だが、どうも融通のきかない部分がある。

静流の方も和人が幼い頃《ころ》からのメイドだが、それだけに使用人にしては和人に対する態度が気安すぎる部分がある……と、いつも真理に叱《しか》られてばかりいる。今もなにが嬉《うれ》しいのか、和人と同席する椛をニコニコと見つめていた。

椛は対照的なふたりの間で、居心地が悪そうに食事を始めた。

「先輩ッ、おはようございま〜すっ」

学園に登校した和人が、自分の教室に向かうために廊下を歩いていると、前から見覚えのある女子生徒が手を振りながら駆《か》け寄って来た。

「なんだ……お前か。確か、藤代綾音《ふじしろあやね》……だったな？」

「嬉しいっ。先輩、私の名前覚えてくれたんですねっ。でも、なんだはヒドイですぅ」

「……………………」

相変わらず騒がしい女だ、と和人は溜《た》め息《いき》をついて目の前の少女を見た。丸い眼鏡《めがね》を掛けた、わりと可愛《かわい》い顔をした下級生の少女だが、どうも一緒にいると疲れるタイプだ。

「……朝から元気だな」

「だぁって、朝から先輩に会えたんだもん〜。超ラッキーって感じですぅ」

綾音はきゃいきゃいと甲高い声で言う。

和人はうんざりしながらも、はいはい……と、適当に相槌《あいづち》を打った。

そもそも面識のなかった和人に、いきなり声を掛けてくるような無遠慮な奴《やつ》である。なにを言っても無駄だということは、校内で数回顔を合わせただけで分かった。

「先輩は綾音のこと知らないかも知れませんが、綾音は入学した時から、ずっと先輩のことを見てたんですからねっ」

初対面で、綾音はいきなりそう言った。

「綾音って可愛いでしょ？　だから、結構モテるんですよ。でもでも、綾音は先輩ひとすじなのでーすっ」

好意を持たれているらしいということは分かったが、だからといって和人は綾音に応《こた》えるつもりなど更々なかった。だが、無下に近寄るな……とも言い辛《づら》い。

この私立の学園は、上流階級に属する家庭の子供たちばかりだ。椛も一応とはいえ、社長令嬢であったからこそ、この学園に入学できたのである。

和人はその中でも特別な存在であった。

学園に莫大な寄付を納める御門財閥の御曹司《おんぞうし》であるが故に、気安く話しかけてくる者などいない。もっとも、和人自身が人を近付けない雰囲気を発しているせいでもあったが、何故《なぜ》か綾音だけはなんの躊躇《ためら》いもなしに話しかけてくるのだ。

ある意味で貴重な存在であるだけに、和人もあえて遠ざけようとはしなかった。

第一章　椛という少女

「ホントに先輩とはよく会いますよね。なんだか運命を感じちゃいますぅ」

「別に、ただの偶然だろ」

「えーっ、そんなぁ」

和人が冷たく言い放つと、綾音はガックリと肩を落とした。

「……それで、なにか用なのか？」

「別に、用ってわけじゃないですけど……用がないと、お話しちゃダメですか？」

「ダメではないが、そろそろ授業が始まる時間だぞ」

和人がそう言った途端、頭上からチャイムの音が響いてきた。

「アンッ、残念……じゃあ先輩、またね」

綾音はそう言い残して、元気よく駆け出していく。その後ろ姿を見送りながら、和人は再び溜め息をついた。

すべてが椛とは正反対の少女だ。

椛も不幸な境遇に陥らなければ、あんなふうに明るく

話したのだろうか？

　和人はふとそんなことを考えながら、教室へ向かって歩き始めた。


　いくら名の知れた名門学園とはいえ、行われる授業は普通の学校となんら変わることはない。むしろ受験という緊張感がない分、学生たちはだらけ気味である。どんなに悪い成績でも、エスカレーター式に大学まで進学できるのだから、当然といえば当然だろう。

　将来、御門財閥の跡継ぎとなるためにと、幼い頃から家庭教師について、通常の勉強はおろか法律学や経済学など様々な知識を叩《たた》き込まれた和人にとって、学園で行われる授業は退屈以外のなにものでもなかった。

　親の金で遊ぶことしか能のないくだらない連中と、一緒にいること自体も苦痛だ。

　……教室から抜け出して、屋上か図書室で憂さ晴らしでもするか。

　教壇で授業を行う教師の言葉を聞き流しながら、和人はぼんやりとそんなことを考えていた。どうせ授業に出席しなくても、ここの教師たちは和人に対してなにも言いはしない。教師ひとりのクビを飛ばすなど、御門家に取っては容易《たやす》いことなのだ。

　……そうだ、あいつがいたな。

　和人は、椛のことを思い出した。

憂さ晴らしするには絶好の相手だ。なにも椛を教育するのは、屋敷に戻ってからでないとならないわけではない。椛は和人のものなのである。何時《いつ》どこでどう扱おうと、誰にも文句を言われることはないのだ。

和人は次の時間をサボることに決めた。

さっそく授業が終わると、椛のクラスに出向いて彼女を呼び出した。

「あの……なんでしょう……」

休み時間、不意に和人が現れたことに、椛は驚くというよりも怯えた表情を浮かべる。

「ちょっと用がある。着いてこい」

「……で、でも……」

「いいから、来い」

戸惑う椛を強引に教室から連れ出すと、和人は校舎を出て、体育館の側《そば》にある体育倉庫まで連れて来た。

幸いなことに次の時間に体育館を使うクラスはないらしく、倉庫の付近に人影はない。さすがに誰かいれば諦めざるを得ないが、これで支障はなくなった。

和人はポケットから倉庫の鍵《かぎ》を取り出すと、鉄製の扉を開けて椛を招き入れた。

「……どうして、鍵を……？」

「ふん、この学園で俺の思い通りにならないことなどないんだ」

教師を顎《あご》で使うことなど、和人の立場を持ってすれば簡単なことであった。学園中の合い鍵を作らせるなど造作もない。

もっとも、今まで使う機会などなかったのだが……。

「それで……あの……？」

和人が倉庫の扉を閉めると、薄暗い室内を不安げに見まわしながら椛が訊《き》いた。

「たまには、こういう所でするのもいいかと思ってな」

「まさか……ここで？」

和人がなにをするつもりなのかを悟って、椛は怯えるような表情を浮かべる。

「そのまさかだよ」

「いやっ……そんな……」

椛はぶるぶると首を振った。和人に抱かれるのが嫌だというより、学園の中で淫《みだ》らな行為をするということに戸惑いを感じるのだろう。

「心配するな。誰も来やしない」

「で、でも……」

「もし誰か来たら、見せたいだけ見せてやればいい」

「そんな……ああっ」

躊躇う椛の手を掴《つか》んで引き寄せると、和人は制服の上から胸に触れた。反射的に後退ろうとする椛を抱きしめ、もう片手を伸ばして、スカートごと尻《しり》を手のひら一杯に鷲掴《わしづか》む。

「こんな……所で……なんて……」

「こんな所だからいいのさ」

胸と尻を同時に揉《も》んでやると、緊張で硬かった椛の身体から徐々に力が抜けていく。感じやすい身体を持つ椛は、和人から与えられる刺激に過敏に反応して、ここが学園内であるということすら忘れ始めているのだろう。

和人は手っ取り早く椛をその気にさせるために、胸を揉む手に力を込めた。

「アッ……痛い……です……」

「まだまだ、これからだ」

椛の苦情を無視して、和人は更に力を入れて揉み上げる。セーラータイプの制服の下で、ブラジャーが徐々にずれ始めているのが分かった。

「あッ……イヤッ……」

完全にブラがずれて邪魔者がいなくなったせいか、不意に手に伝わる感触が柔らかくなった。その分、伝わる刺激が増大したのか、椛が小さく悲鳴を上げた。

「痛いぐらいが気持ちいいだろう。そうじゃないか？」

「そんな……あぁッ……」

「くくくっ」

和人は容赦なく椛の胸を揉み続けた。

戸惑いながらも徐々に官能に支配されていく椛の表情を見つめていると、和人のモノは急速に膨張を始めた。学校でしている、というせいもあるのだろう。今まで、これほどの興奮を感じたことはなかった。

「あぁッ……も、もう……ここでは許して……ください」

和人から与えられる刺激に、これ以上耐えきれないと自覚してか、椛は哀願するように弱々しく首を振った。

「なんだ、もう我慢できなくなったのか？」

「そ、それは……」

「言葉にしなくても、ここに訊けば分かることだぞ？」

和人は、スカートの中に片手を入れると、ショーツの上から椛の女の部分に触れた。そこはすでに、はっきりと分かるほどに濡れている。

「くくっ、処女を失ったばかりだというのに……なんだこの濡れ方は」

「あああッ……！」

ショーツの隙間《すきま》から指を滑り込ませ、何度か割れ目をなぞり上げた後、肉壁を掻《か》き分けるようにして指を滑り込ませた。途端に椛の身体がビクビクと震えた。

「あぁッ……あンッ……」

「すごい感じ方だな、椛」

「そ、そんな……私は……」

「感じていないというのか？　だったら……」

和人は挿し入れる指を二本に増やした。軽く指を出し入れするだけで、グチュグチュという音が室内に響き渡る。

「ああっ……いやっ！」

椛は羞恥《しゅうち》に顔を赤く染めた。

このままイカせてやってもよいのだが、和人の方がもう我慢できそうにない。すぐにでも椛が欲しかった。こんなことはめずらしい。

「よし、そろそろ……」

和人はできるだけ冷静な声で言った。はっきりとどうするか明言したわけではなかったが、それだけで和人の意図を察したらしく、椛はハッと息を飲む。

「あ、あの……ここは……」

「分かってるさ。体育倉庫だろ？」

「だから……あの……」

「ふん、愛撫《あいぶ》されているところを見られるのと、セックスしているところを見られるのとでは、どんな違いがあるというんだ？」

「そんな……」

「それに、お前だって本当は入れて欲しいんだろ？　黙って、この上で仰向《あおむ》けになれ」

和人は椛から身体を離すと、倉庫の隅に丸めてあった体操用のマットを広げた。薄汚れてはいたが、床に直接横になるよりはマシだろう。

「…………」

反抗しても無駄だということを理解して、椛は命じられた通り、マットの上におずおずと横になった。和人は横になった椛のスカートを捲《まく》り上げると、すでに愛液で濡れているショーツを片足から抜いた。ついでに、制服を上にずらして乳房を露出させる。

「くくっ……いい格好だぞ、椛」

「ああ……」

椛は恥ずかしそうにギュッと目をつぶった。

学園の体育倉庫の中で、制服をはだけて乳首のツンと勃《た》った乳房を露出し、内股《うちもも》にまで垂れるほどの愛液をたたえた秘所を和人の前に晒《さら》しているのだ。女の子としては耐えられないほど恥ずかしい姿に違いない。

だが和人にとっては、そんな赤く上気した椛の頬《ほお》も、軽く開いた唇も、すべてたまらないほど魅力的に見えた。普段は無表情でほとんど感情を見せない椛が、こんなにも淫らな表情を浮かべるのだ。

「よし、椛。入れてやるぞ」

和人はズボンの前を緩めると、椛の脚をM字型に開脚させて身体を重ねていった。

「アッ……痛っ……」

できるだけゆっくりと挿入したつもりだったが、昨夜破瓜《はか》したばかりの椛には、まだ痛みが残っているようだ。あまり痛いと喚かれても困る。和人は負担を与えないようにと、時間をかけてじわじわと挿入していった。

「ウッ……あああッ……」

「くくくっ、なんだ……痛いと言いながらも、お前のここは、待ちわびてグショグショになってるじゃないか」

「イヤッ……そんな……あンッ……」

ゆっくりと腰を動かしていくと、椛は瞳《ひとみ》を潤ませ甘い吐息を洩《も》らした。

まだ二回目だというのに、かなり感じているようだ。もっとも、さすがに椛の中は窮屈で、少し動くたびに和人のモノを包み込むように締めつけてくる。

「いやらしい身体だな、まったく……」

ジッとしていれば、なにもしないうちに椛の膣《ちつ》に精液を搾り取られてしまいそうだ。和人は少しずつ角度を変えて、じっくりと椛を突き上げていった。

「アウッ……！　アッ、あああッ！」

椛は沸き上がってくる快感に抗しきれず、甲高く切なそうな声を上げた。乳首は限界まで膨れ上がり、小振りな乳房も、制服のリボンと同調するように揺れている。痛さか、快感か……それとも学園で犯されるという羞恥心からか、椛の瞳には大粒の涙が浮かぶ。

「おいおい、そんなに大声を出していいのか？　外に聞こえるかも知れないぞ」

「うッ……グッ……」

和人の指摘に、椛は慌てて両手で自分の口を押さえた。

「くくくっ……そんなことで耐えられるつもりなのか」

「…………………」

嬲《なぶ》るような和人の言葉に、椛は再びギュッと目を閉じた。どんなに感じても、決して声を上げないという覚悟のつもりなのだろう。だが、目を閉じたことによって、今まで以上に和人と繋《つな》がっている部分に意識が集中してしまうことを椛は知らない。

「じゃあ、試してみるか？」

和人はグッと根本まで沈み込むと、激しく出し入れを開始した。

「くっ……ンッ……んんッ」

椛は口に手を当てたまま、声が出るのを必死になって堪えている。だが、声を出すまいとすればするほど、身体には快感の波がどんどん蓄積されていくようであった。

「ほら、いつまで我慢できるかな……」

和人は椛の身体を揺さぶりながら、控えめに揺れる乳房に手を伸ばすと、乳首を指で弾《はじ》くように愛撫してやる。

「んアッ……あッ……あああッ」

ついに堪え切れず、椛は声を上げた。

一度声を上げてしまうと、もう抑えが効かないらしい。外まで届きそうな椛の喘ぎ声に、和人の方が驚いてしまうほどだ。

「あッ、あッ、あッ、あッ、あッ……」

椛の声に合わせて内部が収縮を始めた。どうやらイキそうらしい。和人も椛の動きに刺激され、急速に高まりつつあった。

「そろそろいくぞ、椛」

「あッ…あッ……ンああッ……」

もはや、和人の言葉が聞こえているのかどうかも怪しい。椛は髪を振り乱しながら、絶え間なく声を上げ続けている。和人はこの姿を見たかったのだ。感情を無くしてしまったかのような椛も、この瞬間だけは他の女と同じ顔を見せる。

「椛、お前の全身にかけてやるからな」

「あっ、で、でも……制服が……」

椛がハッとしたように顔を上げた。

「かまうものか」

「そんな……あうぅッ……」

和人は突き上げを激しくして椛の反論を封じた。取り戻しかけていた椛の理性は、限界まで高まっていた快楽の中にあっという間に沈んでいく。

「よし、いくぞ……椛」

そう言いながら、和人も椛の内部に促されてのぼりつめていった。

「あっ……ハア……い、いやッ……」

制服を汚されるのがいやなのか、それとも身体を支配する快感に恐怖を感じるのか。椛は大きく首を振りながら、全身をのけ反らせた。

「ンクッ……アッ……あああ……ッ！」

ひときわ大きな声を上げると同時に、椛の内部が激しく収縮する。その動きに和人は限界を感じ、急いで肉棒を椛から引き抜いた。途端、弾けるように精液が飛び散った。勢いよく放出された白濁の液が、椛の制服を濡らしていく。

「次からは、着替えの制服を用意しておくんだな……くくくっ」

「……次……」

学園の中で犯されるのがこれで終わりではないことを知って、椛は横たわったままガックリと全身の力を抜いてうなだれた。

「お帰りなさい、和人さん」

学園から戻ると、屋敷の玄関で静流が和人たちを迎えた。同じように他のメイドたちもずらりと居並んで出迎えるが、直接声を掛けてくるのは静流ぐらいなものである。

「ああ……」

和人が曖昧《あいまい》に返事をすると、静流はその後ろにいた椛を見た。

「椛ちゃんもお帰りなさい」

「…………………」

静流が微笑《ほほえ》みかけると、椛もぺこりとお辞儀を返した。

「あらあら椛ちゃん、そんなにかしこまらなくてもいいのよ～」

「静流、あまり椛にかまうな」

「まあ……和人さんたら、やきもち？」

「……黙れっ！」

「まあ、コワイ」

そう言いつつも、静流はまったく怖がっている様子を見せなかった。

「和人さん、お食事とお風呂《ふろ》、どっちにしますか？　それとも、先に少しお部屋でお休みになりますか？」

「そうだな……俺は少し部屋で休むから、椛を風呂に入れてやれ」

「はい……？」

頷きながら、静流は改めて椛を見た。そして椛の制服に点々とついた染みのようなものを目聡《めざと》く発見して、困惑気な表情を和人に向ける。

「あ、あの……和人さん……」

「頼んだぞ。食事は部屋で取るから運んでくれ」

なにか言いたげな静流を無視すると、和人はさっさと歩いて自室へと向かった。

静流はそんな和人の背中と頬を赤くしたまま俯《うつむ》く椛を見比べて、そっと小さく溜め息をついた。


夜の九時。和人の部屋のドアが小さくノックされた。

「誰だ？」

「あの……椛です」

かすれるような声が、微《かす》かにドアの外から聞こえてくる。

「ああ、そうだったな……入れ」

そういえば、毎晩部屋にくるようにと言いつけてあったのだ。

和人が、読んでいた本を閉じて座っていたイスを回転させるのと同時に、部屋のドアが開いて強張《こわば》った表情を浮かべる椛が姿を現した。手には枕《まくら》ほどの白い塊を抱いていた。どうやら、ウサギのヌイグルミらしい。

「……なにを緊張している？」

「べ、べつに……」

椛は否定するように首を振ったが、緊張していないわけがない。ただ夜に部屋に来いと言われただけで、これから和人になにをされるのか分からないのだから……。

「そうだな……とりあえず、そのベッドにでも座れ」

「はい……」

椛は言われた通りにベッドに近付いたが、昨夜、ここが処女を奪われた場所だということを思い出したのか、不意に脚を止めた。

「どうした？　座れ」

「は、はい……」

椛はぎこちない動きのまま、ベッドの隅に小さく腰を降ろした。

「さてと……もう分かっていると思うが、真理と静流が主にお前の面倒をみる」

和人の言葉に、椛はこくんと頷いた。

「椛はメイドではないから、そんなに厳しいことは言われないと思うが、一応、真理の言うことは聞いておいたほうがいい」

椛は再び無言で頷く。

もっとも、椛なら真理の言うことだけではなく、他のメイドたちの言うことをなんでも聞くだろう。素直……というわけではない。それは諦めからくる従順さだ。

「そういえば、静流もお前と同じ境遇だったな」

「え……!?」

「元々はどこかのご令嬢だったそうだが……親と離ればなれになって、ここに引き取られてきたんだ」

しかし、同じような境遇とはいえ、椛と静流ではまったく性格が違う。その態度は正反対と言ってもよいだろう。

椛がすべてを諦めているのに対して、静流は何事も諦めない性格だ。さすがに父親の会社を再建しようなどという野心はないが、自分の人生そのものを投げ出してしまうほどの悲観的な発想は持っていない。

椛は自分を守るために笑顔を見せないが、静流は自分を保つためにあえて笑顔を絶やさないようにしているのだ。

「……真理も似たような境遇だったらしいが、そっちは俺が生まれる前のことだから、よくは知らん」

　どちらかと言えば、性格的には真理の方が椛に近いのだろう。真理が椛のことをあまり快く思っていないことは行動を見ていれば分かる。それはもしかすると、近親憎悪のようなものなのかも知れない。

「あの……真理さんと静流さんは、いつ頃からここにいるんですか？」

　興味を引かれたのか、めずらしく椛の方から質問したきた。

「静流は俺が三歳の時に引き取られたと言っていたな。だから、その時、静流は九歳だったということになる。真理はもっと前。静流よりも幼い時だったらしい」

「…………………」

「よかったな。不幸なのは椛だけじゃないぞ」

　和人のからかうような言葉に、椛は無言で首を振った。

「ん……？　静流たちは不幸じゃないというのか？」

　椛は再び首を振る。

「それじゃあ、自分は不幸ではないと言いたいのか？」

　椛はこくんと頷いた。

　人に流され、諦《あきら》めることになれている椛にとって、この程度のことは不幸とは感じないとでもいうのだろうか？

「……とにかく、なにか分からないことがあったら、真理か静流に聞け」

なんとなく興ざめした気分になって、和人はそう言い捨てて口を閉ざした。

和人が無言になると、途端に部屋の中は沈黙に支配された。椛からは絶対に口を開こうとしないのだ。さっきの質問は例外と言ってもよいほどである。

しかし、間が持たないという息苦しさは感じているらしい。沈黙しているにも関《かか》わらず、和人は部屋を出ていけとも言わないのだ。椛は居心地が悪そうに、胸に抱いているヌイグルミの足を指で押し始めた。

普段の無口で無表情な椛からは、若々しさというものが感じられない。しかし、こうしてヌイグルミを抱いている姿は、その外見と相まって本当の子供のように見える。

まるで、親とはぐれた迷子のようだ。

「椛、お前がいつも持っているそれはなんなんだ？」

和人はヌイグルミを指さした。

初めて椛をこの部屋に呼んだ昨夜も、確か同じものを胸に抱いていたはずだ。

「いつも大事そうに持っているが……なにか理由があるのか？」

「これは……」

椛はヌイグルミをギュッと抱きしめた。

「……お父さんが買ってくれたんです……」

「お父さん？　本当の父親の方か？」

和人の質問に、椛は小さく頷いた。

「そうか……」

座っていたイスから立ち上がると、和人はベッドの椛の隣に座り直した。そして、椛の抱いているヌイグルミにそっと手を伸ばした。

「……っ！」

一瞬、椛はビクッと身体を硬くする。

「取り上げなどしないから、安心しろ」

和人は苦笑してそう言うと、ヌイグルミの頭に手を下ろしてそっと撫《な》でた。

「こいつは、椛にとって大切なものなんだろ？」

「………………」

椛は安堵《あんど》したように、こくこくと何度も頷いた。

そのヌイグルミは古いだけではなく、ボロボロで、ところどころに修理した跡があった。

おそらく椛が自分で直したのだろう。無言でヌイグルミを見つめる椛の姿は、まるでヌイグルミを通して、亡くなった父親と話をしているように思える。

「……だが、こいつはしばらく隅にでも置いておけ」

「あっ……」

和人は引き離すように椛からヌイグルミを奪うと、ベッドの隅に追いやった。椛はなにか言いたそうな顔をしたが、部屋から出る時には返してくれると分かっているだけに、それ以上の抵抗をしようとはしなかった。

「昨夜は……よく眠れたか？」

「…………………」

和人の質問に、椛は俯いたまま弱々しく首を振った。

「家族と離れて寂しかったか？」

そんなはずはない……ということを承知しながらも、和人はあえて訊いた。

椛を引き取っていた親戚たちは、ずっと彼女を厄介者扱いしていたのだ。そんな連中と離れて寂しいはずがない。案の定、椛は再び首を振った。

「だったら、無理やりに……」

言いかけて、和人は思い直したように口を閉ざした。

……無理やり純潔を奪われ、悲しくて眠れなかったのか？

そう質問しようとしたのだが、椛の答えがイエスでもノーでも、和人には関わりのないことだ。椛が和人のものとなってこの屋敷に来た時から、ふたりの立場は決定している。

支配する者と、支配される者だ。

観察が目的だといっても、椛は所詮《しょせん》和人の愛玩物《あいがんぶつ》でしかない。

そのことを和人も椛も承知しているのだ。

「椛、服を脱げ。お前を抱くぞ」

「……っ⁉」

和人の言葉に椛は全身を震わせる。

昼間、学園であれだけ激しく凌辱《りょうじょく》したにも関わらず、まだ自分を抱くつもりだということを知って、椛は戸惑うように和人を見た。

「あ、あの……」

「どうした、俺の命令が聞けないのか？」

「今夜は……もう、許してください。まだ……痛むんです……」

椛は顔を伏せると微かに頬を染めて、消え入りそうな声で哀願した。

「痛む……？　ああ、そうか……なるほどな」

和人は椛がなにを言おうとしているのかを悟って、思わず頷いてしまった。

椛は昨夜、処女を失ったばかりなのだ。その上、学園で二回目のセックスをしている。している最中は快感とで相殺されてしまうのかも知れないが、やはり終わると慣れないだけに、アソコが痛むのだろう。

感情は消すことができても、肉体の痛みまで消すことはできないのだ。

「まだ痛むのか？」

「…………………」

糀は小さく頷いた。

「そうか……」

和人は思わず、すまなかった……と、謝りそうになった。

だが、今更謝ってもなんの慰めにもならない。もう手遅れなのだ。和人も糀も、もう後戻りはできないのだから。

「……すぐに痛みもなくなるだろう」

和人はそう言いながら、糀の肩に手をまわした。

このまま部屋に帰してやった方がいい。心のどこかでもう一人の自分がそう主張し続けていたが、和人の身体はそれとは逆の行動を取り始めていた。片手が糀の胸に伸びて、服の上から乳房をまさぐり始めている。

「あっ……」

てっきり許してもらえると思っていたらしい糀は、和人の行動に驚いて顔を上げた。その怯えるような瞳を見た時、躊躇っていた和人に火がついた。

……糀の心情など考慮する必要はない。所詮は金で買った女だ。

和人は自分に言い聞かせるように、何度も同じことを心の中で唱え続けながら、そっと糀の身体をベッドの上に押し倒していった。

第二章　真理と静流

「先輩、今お帰りですか？」

放課後。教室を出て昇降口へ向かうために廊下を歩いていると、いつものようにどこからか現れた綾音が声を掛けてきた。

毎回不思議に思う。綾音は和人と学年が違うのだから、教室のある階も違うはずである。なのに、彼女は的確に和人の前に現れるのだ。もしかしたら待ち伏せでもしているのではないか……と、疑いたくなるぐらいのタイミングである。

「ああ、そうだが？」

「それじゃ、一緒に帰りませんか？」

「俺《おれ》は車だ」

「それじゃ、送ってくださいよ」

綾音は臆《おく》する様子もなく言った。

まったく、ずうずうしいというかなんというか……。少なくとも、この学園で和人にこんなことをヌケヌケと言うのは綾音ぐらいなものだろう。

「ねぇ、いいでしょう？」

「ダメだ」

「んもぅ、先輩って意外とケチですね」

「ケチで結構」

プッと頬《ほお》を膨らませる綾音を捨て置いて、和人はさっさと廊下を歩き始めた。

送ってやるぐらいなんでもないが、一度でもそんなことをすれば綾音の性格からして、とことん図に乗ってくることは間違いない。

それに、帰りはいつも椛を車に同乗させている。椛を引き取ったことを学園側には承知させていたが、まだ学生たちには公にされていないのだ。バレたからといって特に支障があるわけではなかったが、できることなら伏せておいた方が面倒がなくていい。

「じゃあ、さようなら。先輩～っ」

冷たくしたにも関《かか》わらず、綾音は背後から元気な声で挨拶《あいさつ》をしてきた。呆《あき》れてしまうぐらい、めげない性格の持ち主らしい。

せめて椛にも、あの半分ぐらいのバイタリティがあればな……と、和人は苦笑した。もっとも、そうであれば現在の和人と椛の関係は成立しなかっただろう。

そんなことを考えながら校門の近くまでくると、

「お疲れさまです、和人様」

迎え車に着いて来たらしい真理は、和人に丁寧に頭を下げ、手早く車の後部座席のドアを開けた。

周りにも、同じように学生たちを迎える車が列をつくっている。金持ちの子息や令嬢が多い学園だけあって、学生の半分以上は専用の車で通学しているのだ。

こんな環境にあってては当たり前のようになってしまったが、小さい頃《ころ》は車で送り迎えされるのが嫌だった。特に小学生の時は、今のように上流階級の者が集う学園ではなかったせいもあって、他の者と同じように歩いて帰りたい、と父親に頼んだことすらあった。

だが、自分が御門財閥の跡継ぎとなることを自覚し始めると、いつの間にか気にならなくなっていた。そう……特別な人間なのだから、車通学など当然だ。

もっとも、椛はまだ慣れないでいるようだが……。

「……そういえば、椛はまだか？」

「はい……まだです」

「まったく、なにをやらせてもトロいやつだ」

和人は悪態をつきながらも、車に乗り込むのをやめて校舎を振り返った。無論、放って帰るようなことは考えてもいなかった。

「……和人様」

車に持たれたままぼんやりと椛を待っていた和人に、真理が躊躇《ためら》いがちに声を掛けてきた。いつもは毅然《きぜん》とした真理がこんな態度を見せるのは、必ず諫言《かんげん》の言葉を口にする時だ。

「なんだ？」

「椛さんのことでお話があります」

どうせ自分にとっては不快なことだろうと警戒していた和人は、真理が椛の名前を口にしたことに驚きはしなかった。椛を屋敷に連れて来たことを、真理が快く思っていないことは承知していたからだ。

やはりそのことか……と、和人は眉根《まゆね》を寄せた。

「椛がどうかしたのか？」

「その……」

真理は言いにくそうに視線を泳がせたが、やがて意を決したように口を開く。

「和人様……いつまで、椛さんをお側《そば》に置いておくおつもりなのですか？」

「どういう意味だ？」

「私はメイドですから、ご主人である和人様のなさることに意見するのが出過ぎた真似《まね》であることは承知しております。しかし、お叱《しか》りを受けるのを覚悟の上で申し上げます」

「…………」

「椛さんに暇をお出しください。そして、椛さんを屋敷の外に……元いた世界に帰すべきです。このままでは……」

そう意見する真理の顔は、和人のことを心配しているというより、どこか怒っているように感じられる。

「……なぜだ？　椛のためか？」

「はい。そして……和人様のためでもあります」

「ほう、どう俺のためになると言うのだ？」

「和人様、あなたのなさっていることはお父様とご一緒です」

真理はキッパリと言い放った。

父親が性処理の道具として、何人もの女性をメイドにしていることは和人も知っている。少なくとも屋敷に勤めるメイドの半分は、父親の慰み者となっているだろう。

和人が椛を屋敷に引き取ったことを、真理は父親と同じ行為だとみなしているらしい。

「和人様はまだお若い。お父様のように割り切ったお考えはできないでしょう」

「…………………」

「一緒にいれば椛さんに情が移るでしょう。椛さんのほうも、和人様に好意を持つかもしれません。でも、もしそうなってしまっても身分が違いすぎます。結ばれずに悲しい思いをするのであれば……」

「……もういい」

和人は手を上げて、真理の言葉を遮った。

真理の言おうとしていることは理解できたが、とんだ見当違いだ。少なくとも、和人は椛に対して恋愛感情など持ちようもない。椛は観察対象であって、性行為はそれに付随するものに過ぎないのである。

真理にすべてを説明してやろうか……と、思わないでもなかったが、彼女がそれを信じて受け入れるとも思えない。そう思うと、面倒になった。

「想像力が豊かすぎるぞ、真理。そんな心配はいらない」

「和人様……しかし……」

「椛のことは気にするな。おまえはよけいなことを考えず、仕事だけしていればいい」

納得などできるはずもないだろうが、和人にそう断言されれば、真理は引き下がらざるを得ない。主人と使用人との立場を気にするのであれば尚更《なおさら》だ。

口を閉ざした真理から視線を校舎の方へと向け直すと、ちょうど椛が和人たちの方へと駆《か》け寄ってくるところだった。

「すいません……お待たせしました」

ずっと走り通しで来たのか、椛はハアハアと肩で息をしている。

「別に急ぐ必要はない。そんなに待ってなどいないからな」

「そ、そうですか……」

椛はホッと胸を撫《な》で下ろしたように、大きく息を吐いた。

その様子を見て、真理はなにか言いたそうな表情を浮かべたが、結局は無言のまま、椛のために車の反対側のドアを開けた。

「お帰りなさい」

屋敷に戻ると、静流が玄関で和人たちを迎えた。

「ああ……」

和人が短く返事を返すと、静流はその背後に続く椛を見てにっこりと微笑《ほほえ》む。

「あら、椛ちゃんも一緒だったのね。いいわね、仲良しさんで」

「…………」

静流の言葉に、椛はどう答えてよいのか分からないようだ。結局は無言のまま、挨拶代わりにペコリと頭を下げた。

「静流さん！」

その様子を見つめていた真理が、めずらしく怒気を含んだ声を上げた。突然のことに、静流は驚いた顔をして、メイド長の顔を見る。

「な、なんですか、真理さん？」

「椛さんを、和人様のご家族のように扱うのはおやめなさい」

「でも……」

真理が自分を叱責する真意を計りかねて、静流は助けを求めるように、和人の方へと視線を向けた。さすがに家族のようにとは言わなかったが、椛を大切に扱えと命じたのは和人なのだ。だが、その和人は静流たちに背中を向けたまま、口を挟もうとはしない。

「勘違いしてはいけません。椛さんはこの家の者でもなければ、お客様でもないのですから」

「……はぁい」

静流は仕方なく、真理の言葉に同意するように顔を伏せた。

和人はふたりのやりとりを聞きながら、チッ……と、短く舌を打った。真理が和人に直接言えないことを、静流を使って聞かせているのは間違いない。

そこまで執拗《しつよう》に椛を引き離そうとするのが気に入らないし、この件に関しての口出しを禁じたからといって、こんなまわりくどい方法を採るのはもっと気に入らない。

「静流、食事の前に風呂《ふろ》に入るぞ。準備はできているか？」

「え？　あ……はい」

突然の和人の言葉に、静流は慌てて頷《うなず》いた。

「よし、だったら椛と一緒に入る。いいな、椛」

「お風呂に……ですか？」

「そうだ」

戸惑う椛に頷き返しながら、和人はチラリと真理の顔色を窺《うかが》った。

さすがになにも言おうとはしなかったが、これが和人の意思表示だということを察して、真理は険しい表情を浮かべている。

和人は持っていた鞄《かばん》を静流に押しつけると、椛の腕を掴《つか》んでそのまま引きずるように廊下を歩いて浴室へと向かった。

御門家の浴室は、その広大な屋敷の規模に準じて広く作られている。基本的な造りは普通の浴室と同じだが、大きさは三倍ほどはあった。浴室というよりは、小浴場と言った方がいいかも知れない。

椛を連れて脱衣所まで来た和人は、着ていた制服を素早く脱ぎ始めた。

真理の諫言に対するあてこすりの意味で椛を連れて来たのだが、ここまできた以上はとことん相手をさせるつもりでいた。

「……どうした、お前も早く脱がないか」

「え……でも、あの……」

目の前で服を脱ぎ始めた和人から視線を逸《そ》らし、椛は躊躇うように顔を伏せる。

「一緒に入ると言っただろう。それとも、服を着たまま入りたいのか？」

「いえ……それは……」

椛はふるふると首を振った。

「だったら、早く脱げ」

「あ……」

許してください、と言わんばかりに椛がすがるような目を向けてくる。

だが、和人はそんな眼差《まなざ》しに動じることなく、無言のまま決断を迫った。もう抗《あらが》うことはできないと悟ったのか、椛は諦めたようにゆるゆるとした動作で制服のジッパーに指を掛ける。

「さっさとしろ」

和人はそう言いながら自らも下着だけの状態になると、命令通りに服を脱ぎ始めた椛をジッと見つめた。無理やり剥《は》ぎ取るのもいいが、こうして女の子が自ら脱ぐ過程を見るのもなかなか楽しめるものである。

「あ……あの……」

同じく下着だけの姿になった椛は、和人が自分を見つめていることを知って、恥ずかしそうに頬を染めた。見つめられていては脱げないと言うのだろう。

「……お前の身体《からだ》は何度も鑑賞済みだ」

「で、でも……」

何度目であろうが、恥ずかしいことに変わりはないのだ。

「ひとりだけ脱ぐのが嫌なのか？　だったら……」

と、和人は残っていた下着を脱ぎ捨てると全裸になった。

「あっ……！」

椛は慌てて顔を背《そむ》けた。

和人の股間《こかん》では、すでにモノが大きく怒張して天を仰いでいる。抱かれる際に何度か見てはいたが、明るい場所だとその禍々《まがまが》しさが強調されるかのようであった。

「これでいいだろう。早くしろ」

「は、はい……」

椛は和人に背中を向けると、おずおずとブラジャーを外してショーツを脱いだ。

和人がここで自分を抱くつもりなのだということは、その高ぶったモノを見れば明らかである。だとしたら、ここで躊躇《ちゅうちょ》していても意味はない。

「ふん、早く来い」

そう言い残すと、和人はさっさと浴室へと入った。椛は辺りを見まわしてタオルを手に取ると、できるだけ身体を隠すようにして和人の後を追った。

椛が浴場に脚を踏み入れると、すでに湯船に浸かっていた和人が手招きをする。

「あの……お風呂場の中で……するんですか……?」

「どうせ裸なんだから、かまわないだろう?」

「で、でも……」

椛は身体を隠していたタオルをギュッと握りしめた。すでに分かっていることとはいえ、改めて言われるとショックを隠せないようだ。椛にとって、浴室は汚れた身体を清めると

ころなのである。だが、そんな神聖な場所も、和人によって汚されようとしているのだ。

「和人さん……私……ここでするのは……」

無駄だと承知していながらも、椛は言わずにはいられなかった。

「……せめて……寝室で……」

「なんだ、もう待ちきれないのか？」

「ちがっ……！」

「そんなに焦らなくても、まずは身体を温めようじゃないか」

和人の言葉に、椛は力なくうなだれたままゆっくりと湯船の中に入った。

浴室に比例するように、湯船もかなり広い。大人《おとな》でも楽に五人は入れるほどの大きさだ。

椛はその湯船の中で、できるだけ和人から離れようとした。

「なにをやっている。そんなに遠くにいってどうするつもりだ？」

「あ、でも……」

「まったく、面倒なやつだな」

和人は湯船の中を移動すると、背後から椛の身体を抱きしめた。

「あっ……」

「どうした椛、震えているじゃないか。喜びに震えてしまうほど、俺と一緒に風呂に入れるのが嬉《うれ》しいのか？」

和人は指でそっと椛の顎《あご》を撫でながら言う。椛は首を振ろうとしたが、顎をつかんでそれを許さなかった。

「一緒に入るだけじゃなくて、もっといいことをしてやる」

和人はまだ震えの止まらない椛の脚に手を伸ばすと、指先で軽く太股《ふともも》を撫でた。

「はゥッ……」

「気持ちよければ素直に声を出していいんだぞ？」

声を押し殺している椛の耳元でそう囁《ささや》きながら、和人は彼女の感じる部分を探して全身に指を這《は》わせていく。

「……んッ……クッ……」

椛は首を振りながら懸命にこらえる。脇腹《わきばら》や鎖骨の上を指が通過するたびに、唇を噛《か》んで身をよじった。

「ふん、強情なヤツだ」

和人は椛を持ち上げて中腰の体勢を取らせると、湯から出た上半身に顔を近付け、手で掴み上げた乳房の頂点を口に含んだ。

「ウッ……」

ギクリと椛の身体が揺れた。舌先で転がすように愛撫《あいぶ》を繰り返すと、すぐに硬く尖《とが》ってくる。頬をすぼめて膨らんだ乳首にむしゃぶりつき、音をたてて吸い上げると、椛はついに声を上げて身悶《みもだ》えた。

「いや……あぁッ……そ、そんな強く……吸わないでぇ……」

「なにを言う。強く吸われたほうが気持ちいいんだろう？」

「違うッ……そんなこと……あああッ……！」

軽く乳首を噛んでやると、椛は再び声を上げて胸を反らせた。

「くくくっ、身体が火照ってきたようだな」

椛の身体がほんのりと赤く染まり始めている。それは、決して湯に浸かっているせいだけではないだろう。

「どうだ、アソコも熱くなってきたんじゃないのか？」

「そんなこと……ありません……」

椛は桜色になった頬を震わせて言った。

「本当にそうか俺が調べてやるよ」

「あぁッ……やッ……」

和人は椛の下半身に手を這わせて、指で花弁を左右に開き、そのまま割れ目の中に指を滑り込ませていった。

「うあぁッ……クッ……」

中から膣口《ちつこう》を広げるように指を動かしていくと、椛は苦しそうに息を吐いた。

「……もっといけそうだな」

和人はひとりごちると、指をもう一本挿入した。湯の中なので分かりにくいが、十分に濡れているのだろう。指を更に押し込んでいっても、椛のそこは簡単にそれを飲み込んでしまった。

「ひあああぁっ！　……あうッ」

「くくっ、だいぶ感じてるようだな」

和人は、もう片方の手で椛のクリトリスを摘《つま》み上げた。

「きゃあああッ！　だめ……そんなことしちゃ……アアッ！」

「くくっ……」

クリトリスを転がしながら激しく指を出し入れすると、椛は腰を跳ね上げながら身体を揺らす。気を抜けば、和人の腕の中から飛び出していきそうな勢いだ。

「あふッ、アッ……ひいィイッ……！」

椛の身体が大きく強張《こわば》ると同時に、膣の中の指がギュッと締めつけられた。どうやら軽くイッてしまったらしい。

「はああァ……」

脱力してグッタリともたれかかってくる椛を湯の中に残し、和人は湯船のへりに腰を掛けた。ちょうど股間に椛の顔がくる位置だ。最後までやってもいいのだが、せっかくいつもとは違う場所なのだから、少し趣向を変えてみようと思ったのである。

「椛、しゃぶってもらおうか」

絶頂の余韻に浸っていた椛は、和人の言葉にハッと我に返った。目の前には、いきりたった和人のモノが自分を狙うかのように鎌首をもたげている。

「あ、あの……これを……?」

「そうだ、早くしろ」

「………………」

しろ……と、言われても、椛はどうすればいいのか分からないようだ。和人が自分のモノを愛撫するように命じていることは理解できても、具体的になにをすればいいのか分からないのだろう。

「まず、手で触ってみろ」

和人は指示するように言った。すでに何度も椛を抱いていたが、考えてみれば奉仕させたことは一度もなかった。この際、フェラチオを教えこむのもいい。

椛は恐る恐るという感じで、命じられた通りにそっと和人のモノに触れてきた。軽くイッた後なので、羞恥心《しゅうちしん》が麻痺しているのだろう。普段の椛なら、いくら命令でももっと躊躇うに違いない。

「こうやって、上下に擦《こす》るんだ」

和人は椛の手に自分の手を重ねて上下させた。言われた通り、椛はゆっくりと手を動かし始める。すでに屹立《きつりつ》していた和人のモノは、椛の手の動きにより硬くなっていった。

「よし……今度は、口でしてみろ」

「……えっ⁉」

椛は、驚いたように和人を見上げた。

性的な知識はほとんど持っていないらしい。信じられない言葉を聞いたかのように、ゆっくりと首を振った。

「そ、そんなこと……」

「ふん、いつもは俺にアソコを舐《な》められて喜んでいるくせに自分はできないって言うのか？」

「そんな……よ、喜んでなんか……」

「いいから、やれ」

和人は椛の頭を両手で掴むと、グッと自分の股間に押しつけた。モノに椛の唇が当たる感触がして、和人はそのまま腰を突き出した。

「んグッ……ううぅッ……！」

桜色の唇を割って、和人のモノが椛の咥内に侵入する。いきなり奥まで突き入れられ、椛は苦しそうに呻《うめ》き声を上げた。

「そのまま舌を使え。そうすれば楽になるだろう」

「はふぅッ……んぷッ……」

和人の言葉に、椛は必死になって舌を動かしてきた。少しでも苦しさから逃れたければ、言われる通りにするしか方法がない。

「よし……そうだ……頭を動かして、唇を往復させてみろ」

「ンッ……んッ……」

和人が頭から手を離すと、椛は口をすぼめて頭を前後させ始めた。少しは要領が分かってきたらしい。それに、和人を満足させなければ、いつまでもこの行為を続けなければならないと悟ったのだろう。

「ん……んんッ……ンッ……」

椛は顔を上気させ、一心不乱に肉棒をしゃぶり続けた。まだまだ拙《つたな》い動きではあるが、懸命になって舌を動かし続ける。

「そのまま続けていろよ……いいか」

椛が必死になって自分のモノを舐め上げる姿を見つめ、和人は一気に高まっていった。快感が沸き上がると同時に、射精感を感じて下半身が重くなる。

「椛、そろそろ出すぞ。いいか……全部飲めよ」

和人は椛の頭を再び両手で固定すると、欲望の塊を彼女の口の中で思いっきり放出した。

「んンッ！　ぐふッ……ンふッ……」

頭を固定されているので吐き出すこともできない。椛は言われた通り、白い喉《のど》を鳴らして何度も噎《む》せ返りながら、なんとか和人の精液を飲み干した。

「よし、よく飲んだな」

「ン……ふうッ……」

口から肉棒を抜いてやると、わずかに残った精液が椛の唇から糸を引いた。


「和人さん、今日のオードブルは私も手伝ったんですよ」

夕食を取るために食堂のテーブルについた途端、静流がニコニコしながら言った。

「ほう……静流が料理をするとは知らなかったな」

「バカにしないでください。私だって女の子なんですからね」

「女の子って歳《とし》じゃないだろう」

和人は苦笑しながら言った。静流は和人より六歳ほど年上のはずだ。だとしたら、今年で二十二、三歳になる。

「あーっ！　女性に歳のこと言うなんて、和人さん失礼ですよ？」

静流はプッと頬を膨らませた。実年齢はともかく、こういうところは確かに女性というより、女の子といった方がよいかも知れない。

「……それで、おまえが作ったのはどれなんだ？」

「えっと、これとこれです」

静流はニコニコ顔に戻って、テーブルの上に並ぶいくつかの皿を指さした。

野菜を使ったオードブルのようだが、一見した限りではそれなりに美味《おい》しそうに見える。

ガサツな静流が作ったにしては上出来だろう。もっとも、見た目と味は別問題だが……。

和人は試しに、静流の料理を口に運んでみた。

途端、静流がグッと身を乗り出して、和人の顔を覗《のぞ》き込んでくる。

「どうですか？」

「まあ……こんなものだろう」

「それ、ほめてるんですか？　けなしてるんですか？」

「さあな」

和人は不愛想に呟《つぶや》いた。別に不味《まず》いわけではないが、特別に美味いとも感じない。

幼い頃から、一般に「美味いもの」と呼ばれる料理ばかりを食べてきた和人は、味がどうこうという感覚に乏しいのだ。食事など単なる栄養摂取に過ぎない、と考えているせいもあるのだろう。

「もうっ、和人さんたら……」

静流は張り合いないなぁ、と再び頬を膨らませた。

「それより椛はどうしたんだ？」

和人はいつもの席に椛の姿が見えないことに気付き、静流を振り返りながら問い掛けた。

「椛ちゃんなら、もうくると思いますよ。なんでも疲れたらしくって、ずっと部屋で休んでいたみたいですから」

「……ふん、相変わらずひ弱なやつだ」

吐き捨てるように言いながら、和人はナイフとフォークを握り直した。

少し浴室で可愛《かわい》がってやっただけだというのに、もう食事もできないほど疲労しているらしい。精神的な疲れもあるのだろうが、それにしても弱すぎる。

「和人さん、椛ちゃんにひどいことしたんじゃないですか？　あの娘《こ》は身体が弱いんだから、少しはいたわってあげないと……」

真理に怒られたばかりだというのに、相変わらず静流は椛に対しては好意的だ。

さすがに口には出さなかったが、和人が椛に対してセックスを強要することも快く思っていないらしい。そのくせ、真理のように屋敷から椛を追い出そうとはせず、積極的にふたりの関係を盛り上げようとしている節がある。

「静流は、俺が椛を側に置くことに反対はしないのか？」

「私は……」

静流は近くに真理の姿がないことを確認してから、

「和人さんにとって、椛ちゃんと一緒にいるのはいいことだと思います」

少し声をひそめて言うと、ニッコリと笑みを浮かべた。

「……どういいんだ？」

「だって……和人さんが誰《だれ》かと一緒に食事をするなんて、今までなかったじゃないですか」

「相手がいなかっただけだ」

生まれると同時に母親を亡くした和人にとって、唯一の家族といえるのは父親だけだ。だが、その父親とは同じ屋敷に住みながら、顔を合わせることは滅多にない。父親の仕事が忙しいせいもあるが、互いに親子関係が希薄なだけに会話をすることさえ億劫《おっくう》でもあった。

「だから、それだけでもいいと思うんですよね。それに、和人さんは椛ちゃんに対して結構、気を遣ってるでしょ？　それも今までにはなかったことですからね」

「俺が椛に気を遣っているだと⁉」

「だって、今も『椛はどうした』って訊《き》いたじゃないですか」

「それは……ただ確認しただけだ」

吐き捨てるように言うと、和人はせわしなくナイフとフォークを動かし始めた。そんな和人の様子を見て、静流はクスクスと笑う。

「ダメですよ、とぼけても。和人さんがずっと椛ちゃんのことを想《おも》っているのは、その行動を見ていればすぐに分かるんだから」

質問したのは和人だが、静流は図に乗っていらぬことまで言い出した。

「静流っ、お前は……」

「ひゃっ」

さすがに放っておけなくなった和人が、静流を黙らせようとイスから腰を浮かせた時。

「……遅くなりました」

と、椛が食堂に入って来た。そして、中腰になった和人と今にも逃げだそうとしている静流の姿を見て、目を丸くする。

「あ、あの……？」

「あ……べ、別になんでもないのよ。さあ、椛ちゃん」

静流は慌てて椛の席の椅子《いす》を引いたが、和人はムスッとした表情を浮かべたままだ。椛は戸惑うようにふたりの顔を見比べた。

「……いいから、さっさと座れ」

和人はドスッと乱暴に座り直すと、そのまま食事を再開した。

椛も再び静流に促され、おずおずと席につく。なにがあったのか知る由《よし》はないが、食堂内にピンと張りつめた雰囲気があることだけは敏感に感じ取っているらしい。

「ね、ねえ……和人さん。昔のことって覚えていますか？」

椛の分の食事を用意しながら、静流が雰囲気を変えるように明るい声で話しかけてきた。

「……昔って、いつ頃のことだ？」

不機嫌な声ではあるが、和人は一応返事をする。

普段なら機嫌の悪い時は静流の言葉など無視するところだが、椛をあまり不安にさせておくわけにもいかない。この辺が静流のいう「今までになかった」部分なのだろうが、それを自覚するのも腹立たしい気分だった。

「私がこの家に来た頃です。私と和人さんと、真理さんの三人でよく遊んでたんですけど……憶えてないですか？」

「ああ、あまり憶えてないな」

静流がこの家に来たのは、和人の物心がつくかどうかという頃だ。その時期の記憶といえば、父親や家庭教師に厳しくしつけられて辛《つら》い思いをしたことしかない。

「そうですか……」

と、静流は残念そうな顔をした。

「あの頃は、私たちとっても仲良しだったんですよ？」

「…………………」

「あっ、今でももちろん仲良しですけどね」

声のトーンを少し上げて、静流はニッコリと笑った。和人に……というより、椛に聞かせるためだろう。不思議そうな顔をしている椛の方を向くと、静流は更に話を続けた。

「よく鬼ごっこをしたんですけど、和人さんが鬼になると全然つかまえられなくて、いつも泣いちゃうんですよ」

……俺が泣いただと？

和人は文句を言おうと口を開き掛けたが、すぐに思い直して食事を続けた。

幼い頃の話だ。ありえないことではなかったし、今更《いまさら》ムキになって反論するようなことでもない。そんなことをすれば、未《いま》だにガキだと証明するようなものだ。

「それで私と真理さんが代わってあげるんですけど、どっちが鬼になってあげるかでケンカしたりして。あっ、鬼になるのがいやなんじゃなくて、私も真理さんも自分が鬼になってあげたくてケンカになっちゃうんです」

和人が沈黙を続けると、静流は更に饒舌《じょうぜつ》になった。

「でも、そうやって遊んでたのも一年ぐらいだったかな。和人さん、まだ小さいのに帝王学とか経営学とかを勉強させられて……」

静流は不意に悲しげな顔になって目を伏せる。

「……あれからしばらくは、私も真理さんもずいぶん寂しかったな」

考えてみれば静流も真理も、ずっと昔から和人の側にいるのだ。椛のことも賛成したり反対したりと意見は違うが、どちらも和人のことを思いやってのことである。

「静流」

「え……あ、はい。なんでしょう？」

「このオードブル、おかわりだ」

和人は静流が作ったという料理の皿を示して、無表情のまま言った。

「は、はいっ」

静流はニッコリと笑みを浮かべ、いそいそと給仕を始める。そんな和人たちのやりとりを、椛は食事をしながらジッと見つめていた。


「あの……」

夜。いつものように和人の部屋を訪れた椛は、ベッドに座ったまま躊躇いがちに声を掛けてきた。

「ん？」

「……いえ」

なにかを言おうとして顔を上げるが、和人と目が合うと俯《うつむ》いてしまう。ずっと同じことを何度も繰り返しているのだ。

「さっきからなんだ？　言いたいことがあるなら、さっさと言え」

「……は、はい」

椛は意を決したように深く息をすると、

「あの……静流さんと真理さんは、どうしてここに引き取られたんですか？」

と、遠慮がちに訊いた。

「前に話さなかったか？」

「いえ……いつ頃来たかということと、私に似た境遇だったっていうことしか……」

「ふむ？」

どうやら食事の際に、和人と静流のやりとりを見て、ふたりの関係に関して椛なりに興味を持ったらしい。ある意味では自分と同じような立場の静流が、何故《なぜ》ああも明るくいられるのか知りたいのだろうか……。

「あのふたりを連れて来たのは親父《おやじ》だからな。俺も理由はよく知らない」

「でも、静流さんの……名前は御門静流ですよね？」

「静流は遠縁の娘だ。一応は御門姓を名乗ってはいるが、うちとはほとんど関係ない」

「そうですか……」

和人が簡潔に答えると、椛は続けるべき言葉を見つけられずにそのまま俯いてしまった。

別に話すのが面倒というわけではなく、詳しく説明してやろうにも、和人は本当に知らないのである。

「どちらにしても、あのふたりは特別だ。他のメイドたちは、ほとんど親父が自分の……」

途中まで言いかけて、和人は慌てて口を閉ざした。性処理の道具として連れてこられた……と、椛に聞かせるには、なんとなく抵抗を感じたのだ。

「私は……和人さんにとって何人目ですか？」

途中で言葉を止めた和人を気にすることなく、椛は俯いたまま囁くように訊いた。

「なんのことだ？」

「私の前に、和人さんがここに連れて来た人は……どれくらいいるのかと思って……」

椛がなにを尋ねようとしているのかを知って、和人は溜《た》め息《いき》をついた。和人が話すまでもなく、すでに椛は誰かからメイドたちの夜の役割を聞いているらしい。

……なるほど、本当はそれが知りたかったのか。

急に椛が真理や静流たちのことを訊いてくるとは、おかしいと思ったのだ。

「勘違いもはなはだしいな。俺を親父と一緒にするな。そんなネコみたいに、ほいほいと拾ってくるか」

「でも……あの……夜の相手は……」

椛は恥じ入ったように顔を染めた。どうやら、セックスのことを言っているらしい。別に女をとっかえ引っかえしていたわけではないのだが、それを説明する必要もないし、そんな気分にもなれなかった。

「俺がこの屋敷に連れて来たのは、椛が初めてだ」

「……本当ですか？」

断言したにも関わらず、椛は疑うように和人を見た。

「本当だ。お前は特別なんだ」

「私が……特別？」

椛は驚いたように目を見開いた。それが彼女にとって名誉なことなのかどうかはともかく、意外であったのは間違いないだろう。

「そうだ……だから、俺を十分に楽しませろ」

和人はそう言いながらベッドに移動すると、椛の身体をギュッと抱きしめた。

同時に和服タイプの部屋着の胸元から手を滑り込ませると、着けていたブラを押し退《の》け、直接生の乳房を手のひら一杯で包み込むように揉《も》んだ。

「あッ……」

和人の手が触れただけで、椛は感じ入るように甘い声を上げる。

「相変わらず感じやすいやつだ。淫乱《いんらん》の素質十分というところだな」

「そ……そんなっ……」

椛は顔を赤くして絶句した。だが、そのまま乳房を揉み続けてやると、すぐに身をよじらせて、鼻に掛かったような吐息を漏らし始めた。

「恥じることはない。先天的に感じやすい体質なんだろう。まあ……つまりは、生まれながらの淫乱というわけだ」

「そんな……私……」

「違うというのか？」

和人は椛の裾《すそ》をまくり上げると、今度はショーツの中に指を潜り込ませた。まだ胸を少し愛撫しただけだというのに、そこは内部から溢《あふ》れる愛液で十分に潤っている。

「ここまで濡らしておいて淫乱でないとはな」

「ああッ……いやっ……言わないでっ……」

和人が指先で割れ目をなぞってやるだけで、椛はガクガクと身体を揺らした。そのつもりがなくても、身体だけは簡単に反応するようになってきたらしい。ほんの少し力を込めるだけで、椛の肉壁は和人の指をズッポリと飲み込んでいく。

「はッ……くはッ……やッ、あああッ……」

「すごいな……風呂では最後までしなかったから、欲求不満になってるのか？」

「そ、そんな……こと……ありません。……あっ！」

口では否定しながらも、椛は中で指を動かすたびに過敏な反応を示す。タラタラと奥から溢れ出る愛液は、たちまち和人の指を根本まで濡らしていった。

「よし、今回はすぐに入れてやるぞ」

「あっ……」

和人は椛の服を脱がして全裸にすると、急いで自分の服も脱ぎ捨てた。すでに股間のモノは限界まで高まっている。そのまま挿入しようとしたが、恥じらいながらもベッドの上に仰向《あおむ》けになる椛を見て、少し今回はやり方を変えてみようという気になった。

「椛、こっちに尻《しり》を向けろ」

「えっ……でも……」

すぐにでも入れてくると思っていた椛は、和人の意図が分からずに戸惑うような声を上げた。まだ前戯が続けられると思ったのだろうか、少し切なそうな表情を浮かべる。

「ふふふ、心配するな。後ろから入れてやるって言ってるんだよ」

「う、後ろ……から？」

「早くしろ。いつもとは違うセックスを教えてやる」

性知識の乏しい椛は、正常位以外の形で繋《つな》がる方法があるなど、考えてもみなかったのだろう。躊躇いながらも、和人に言われた通りにおずおずと俯せになる。

「もっと、ケツを突き出すんだよ」

和人は椛の腰を持ち上げるようにして四つん這いにさせると、そのまま尻を抱えてバックから挿入した。ズブズブと音を立てて、和人のモノが椛の中に沈み込んでいく。

「ひゃあうぅッ！　……アッ、あああッ！」

背後から貫かれて、椛はいつもと違う声を上げた。正常位とは感じ方が違うのだろう。

和人が突き入れるたびに、大きく背中をのけ反らせて髪を振り乱した。

「どうだ、犬みたいに後ろから犯される気分は？」

「こ、こんなの……いやです……ウッ……」

「本当は感じてるんじゃないのか？　愛液がどんどん溢れてくるぞ」

和人の肉棒に押し出された愛液が滴り、ベッドの上にシミを作っている。

「……そんな……ウソです……そんな……」

椛は力なく首を振った。

「お楽しみはそれだけじゃないぞ。この体勢だとおまえのケツの割れ目が全開になるんだ」

「え……あっ……いやぁっ！」

抱えた尻房をグッと左右に開いてやると、繋がっている部分が丸見えになる。椛は恥ずかしさのあまり、手で顔を隠そうとした。

「そんなことをしても、尻は隠せないぞ……ふふふ、尻の穴が丸見えだ」

「いやっ……見ないでぇ……」

「見えてしまうんだからしょうがないだろう。……だが本当は、見られて感じてるんじゃないのか？　ケツの穴がヒクヒクしてるぞ」

「いやぁ……ああ……」

「くくっ……」

恥じらう椛の姿に和人はゾクゾクした。今度は今までよりも、ぐっと根本まで肉棒を突き入れる。椛は腰を震わせてのけ反り、和人の背筋にも電気に似た衝撃が走り抜けた。

「ふひゃあぁあぁッ……！」

「くっ……」

和人も、もう余計なことは考えられなくなり始めていた。本能のおもむくままに腰を動かし、打ちつける。ぶつかり合う腰を中心に、快感の波が拡がっていく。

「ああッ、はッ……ンくッ……！」

椛の表情は見えないが、声を聞けば感じているのは明らかだ。和人が激しく肉棒を突き入れると、前につんのめらないように必死になって手で踏ん張っている。

「あっ……和人さんっ……もっと……優しく……」

「激しくしなくちゃ、バックでやる意味がないんだよ」

「でも……あぁッ……！」

椛が腕を震わせているにも構わず、和人はガンガンと腰をぶつけていった。

「だめッ……あッ……あンッ……」

椛の声に快感の色が強くなる。和人も沸き上がってくる快感に抗えず、更にピストンを速めていく。今まで以上に椛を犯しているという気分がして、和人はあっという間に射精したくなった。

「椛……いいか……そろそろイクぞ」

「はい……あの……」

椛が心配そうな声を出した。いつもとは違うやり方に、和人が膣内で射精するのではないかという不安を感じたのだろう。

「ちゃんといつも通りに外に出してやる。いらぬ心配をするひまがあったら、お前も腰を動かすんだ」

「は、はいっ……」

椛の腰の動きが加わり、快感はより一層高まった。中出しを嫌がる椛の意志に反して、彼女の内部は精子が欲しいと言わんばかりに和人の肉棒を締め上げてくる。その感覚に、ついこのまま射精してしまいたいという欲望に駆られてしまう。

その欲求から逃れるように、和人は最後の一突きを繰り出すと、逃すまいと絡みついてくる椛の膣からなんとか肉棒を引き抜いた。

「はッ……アッ、……あああぁ〜ッ！」

最後の一突きで絶頂に達した椛が、脱力したようにベッドに倒れ込む。和人は、その背中に白い精液をまき散らしていった。

第三章　不安と戸惑い

午前中の授業が終わって昼休みになった途端、和人の教室に椛がひょっこりと顔を出した。教室中を見まわして和人の姿を見つけると、そそくさと近寄ってくる。

さわらぬ神に祟《たた》りなし……とばかりに、普段は滅多に視線を合わせようともしないクラスメートたちも、意外そうな顔をして和人に注目した。

「……わざわざ、なんの用だ？」

「あの……お弁当を届けに……」

そう言って、椛は弁当を差し出した。

今朝は、登校時間までに弁当の用意が間に合わなかった……と、静流が申し訳なさそうに頭を下げていた。滅多にないこととはいえ、専用シェフが急に休んだりして、以前にも例がなかったわけではない。

仕方がないので、昼は学食でパンでも買おうと思っていたのだが……。

どうやら静流の計略だったようだ。どうせ、和人と椛を仲良くさせようという魂胆なのだろう。自分で届けず、椛を使うあたりがそれを物語っている。

……静流のお節介め。

「あ、あの……」

椛は弁当を手に持ったまま、和人が受け取るのをジッと待っている。

「ああ……ご苦労」

「じゃあ、私は……これで」

周りの者たちの視線も気になるのだろう。梳は和人に弁当を手渡すと、急いで教室から出ていこうとした。

「待て、梳。どうせなら……」

その後ろ姿を見て、和人は思わず呼び止めた。

立ち止まった梳に次の言葉を掛けようとしたが、教室中がジッと自分に注目していることを知って、和人は逆に周りのクラスメートたちを睨《にら》みつけた。途端に、誰《だれ》もが顔を逸《そ》らし、わざとらしく側《そば》にいた者と会話を始める。

和人はそんな連中を一瞥《いちべつ》すると、戸惑うように立ち尽くしていた梳を促し、渡されたばかりの弁当を持って教室を出た。


「たまには外で食べるのもいいだろう」

和人は、梳を連れて人気のない校舎裏にある庭園にやって来た。

どうせ教室にいてもひとりで食べるのだから、一度ぐらいは梳と一緒に弁当を食べるのも悪くない。和人が誘うと、梳は躊躇《ためら》いもせずについて来た。おそらく梳にも、一緒に昼食を食べるような友達はいないのだろう。

芝生の上に座って弁当を広げると、椛はいただきますと言う代わりに手を合わせた。

そして、箸《はし》の先で粒が数えられるほどちょっぴりのご飯を摘《つま》んで口へと運ぶ。今まで椛が食事しているところを観察したことはなかったが、これでは食べるのに時間が掛かるのは当たり前だ。

二口目を口に運ぼうとしたところで、椛は和人が自分を見ていることに気付いて動きを止めた。わずかに首を傾げて、なんでしょうか……という表情を浮かべる。

「……あの……見られていると、食べにくいです……」

和人が無言でいると、椛は遠慮がちに言った。

「ん……そうか？　俺《おれ》は別に気にならないが」

和人の食事中はいつもメイドが目を光らせており、要求するよりも先にサービスが行われる。人の目を気にしていたら食事などできないのだ。もちろん、椛も今は同じ立場にあるのだが、やはり正面から見つめられては落ち着かないのだろう。

「……でも……やっぱり……その……」

「ああ、分かった」

「あの……すいません」

和人が顔を背《そむ》けると、気を悪くさせたとでも思ったのか、椛は申し訳なさそうに頭を下げた。

「別に怒ってなどいない。気にせず食べろ」

「はい……」

椛は小さく頷《うなず》くと、食事を再開した。

和人も自分の弁当を食べることにする。しばらくは、ふたりとも黙々と口を動かし続けた。だが、こんな機械的な食事をするためにわざわざ裏庭まで来たのではない。和人は会話のひとつも試みようとしたが、一緒に暮らしいてるというのに、これといった話題があるわけでもなかった。仕方なく、目の前にある共通の弁当に目を向ける。

「……最近は弁当のメニューがパターン化してきたな」

和人は、弁当箱の中に並ぶ卵焼きやウインナーといった定番を箸でつついた。

「シェフに、もう少し工夫するように言っておこう。……そうだ、椛もなにかリクエストはないか？」

「別に……」

「椛だって食べたいものぐらいあるだろう？　遠慮なく言ってみろ」

「……私は……小さい頃《ころ》に食べた、お母さんのお弁当が……」

そこまで言って、椛はハッとしたように口をつぐんだ。

「お母さん？　本当の母親のことか？」

「………………」

椛は和人を見ずに小さく頷いた。

「おまえの母親は料理が上手だったのか？」

「……普通だったと思います」

「それじゃ、どうしてだ？　シェフの方が腕は上だろう」

「それは……だって……お母さんだから……」

当たり前だろうという顔をする椛を、和人は不思議に感じた。料理など味と栄養がすべてだと思うのだが、椛の言い方を聞いていると、それ以外のものがあるかのようだ。

和人がそんな疑問を口にすると、

「そんなことは……ないと思います」

と、椛にしてはめずらしくハッキリと否定した。

「そうか？　まあ……俺は母親の料理など食べたことがないからな」

「…………………」

和人がそう言うと、椛は少し悲しそうな表情を向けてきた。わざわざ話して聞かせはしなかったが、和人の母親が亡くなったことは当然知っているはずである。

「そうだ。椛、料理を作ってくれ」

「え……私が……ですか？」

和人の突然の言葉に、椛は驚いたように顔を上げる。

「おまえの母親が作ってくれた料理を俺に作るんだ。そうすれば、母の味……おふくろの味と言うんだったか？　それが俺にも分かるはずだ」

「それは……私じゃダメです……」

椛は申し訳なさそうな顔をすると、ゆっくりと首を振った。

「どうして？　料理が苦手なのか？」

「……私は……和人さんのお母さんじゃ……ないから……」

「そうか……」

言われてみればそうかも知れないが、和人はなんとなく面白くなかった。

特別に母の味とやらを試してみたかったわけではない。ほんの少しでも椛の違う面を見てみたかっただけなのだ。

椛が御門家に来てからすでに数週間が経《た》っているが、その間にこれといった変化はない。

命令すればなんでも無言で従うが、それだけだ。

「……椛、膝枕《ひざまくら》をしろ」

椛が弁当を食べ終えたのを確認すると、和人は唐突にそう要求した。

「えっ……？」

「俺は少し横になる」

「でも……食べてすぐ寝ると……」

「牛になるとでも言うのか？　バカバカしい。俺は疲れてるんだ」

和人は椛に近付くと、差し出させた膝……というか太股《ふともも》に頭を乗せ、ゴロリと芝生の上に寝転がった。椛の太股は小さく痩《や》せているので決して快適とは言えなかったが、なんだか心が安まるような気がした。

こんな気持ちは、ずっと幼い頃から一緒にいる真理にも静流にも感じない。

認めたくはなかったが、椛の中には安らげるなにかがあるのだろう。だが、それがなんなのか分からないだけに苛立《いらだ》ちを感じる。通常の男より金も権力も自由になる和人でさえ、椛の心の奥底を覗《のぞ》くことはできないのだ。

椛が、心を開かない限りは……。

「……くそっ」

和人は不意に起き上がると、さっさと校舎に向かって歩き出した。

「あ、あの……」

突然の行動に、椛が戸惑うように声を掛ける。

しかし、和人は一度も振り返らず庭園を後にした。


和人は教室に戻らず、チャイムが鳴っても校舎の片隅でぼんやりとしていた。

もやもやとした得体の知れない感情を抱えたままでは、午後の授業に出席する気にもなれなかったのである。どうせ授業といっても、和人にとっては幼稚なことばかりだ。

……どこか放課後まで時間をつぶせる場所を探そう。

そう考えて、和人はブラブラと学園内を歩き始めた。

屋敷に電話をして迎えを呼び、さっさと帰ってしまってもよいのだが、何故《なぜ》かそういう気分にもなれない。屋敷に戻ってもひとりでいることには変わりないのだし、露骨に授業をサボったことが真理あたりに知れるとうるさく言ってくるだろう。

「……ん？」

あてもなく歩きまわって体育館の脇《わき》までくると、不意にどこからか女の声が聞こえてくることに気付いた。

「あッ……あうッ……」

……呻《うめ》き声？

気のせいかとも思ったが、耳を澄ますと確かに聞こえてくる。聞こえてくる方を探っていくと、どうやら体育倉庫の中からのようだ。

途切れ途切れに聞こえてくる声に引き寄せられ、和人はそっと体育倉庫に近付いた。

「ああッ……先輩ぃ……」

接近すると、徐々に声もハッキリとしてくる。少し籠《こ》もった状態ではあるが、その声には聞き覚えがあった。

……綾音？

時折、親しげに近寄ってくる少女の声であることが、和人に興味を抱かせた。授業中だというのに、こんな場所で一体なにをやっているのだろうか……と。

和人は倉庫を見まわして、ちょうど半開きになっている小さな明かり取りの窓を見つけると、そこからそっと中の様子を覗いてみた。

……な、なんだっ⁉

和人は思わず自分の目を疑ってしまった。

倉庫の中では、綾音が自慰行為に耽《ふけ》っていたのである。

綾音は体操用マットの上で四《よ》つん這《ば》いになり、スカートを腰まで捲《まく》り上げた状態でアソコを指で擦《す》り上げていた。

「あふッ……先輩ぃ……」

倉庫内は薄暗かったが、綾音の白い指の動きははっきりと見ることができる。ショーツはすでに愛液で濡れ、割れ目が布越しに浮かび上がっていた。綾音の指が、その形に沿うようにして激しく動きまわっている。

「お願い……御門先輩……もっと綾音に……綾音にもっとしてェ……」

「……っ⁉」

和人は不意に名前を呼ばれてドキリとした。自分がここで見ていることを知って、綾音が呼び掛けたのかと思ったのだ。

だが、どうやら気付かれてはいないらしい。綾音は和人の名前を呼びながらオナニーをしているようだ。

……まさか、こんなところでオカズにされているとはな。

和人は綾音の痴態を見つめながら苦笑した。

彼女が自分に好意を持っていることには気付いていたが、まさかこれほどとは思いもしなかった。肉欲とはあまり縁のなさそうな顔をしていたせいだろう。

だが、やはり綾音も女であることには違いないのだ。

「あァ〜ん……せんぱぁ〜い……」

綾音は制服の上着をもどかしげに捲り上げると、ブラジャーのフロントホックを外して乳房を露出させ、片手で激しく揉《も》み始めた。少し身長が高いとはいえ、椛よりもはるかに発育した乳房だ。

「もっと……もっと綾音の胸を揉んでェ……」

切ない声を上げながら、綾音の手の動きは次第に速くなる。学園内での淫《みだ》らな行為を恥じている様子もなく、ひたすら欲望に従って手や指を動かし続けていた。

「先輩……御門先輩ィ……」

まるで自分の指を和人のものだと思い込むかのように、感極まった声を上げる。もはや下着越しでは我慢できなくなったのか、綾音はショーツを片足から抜くと、直接アソコを触り始めた。

「ンッ……」

指が触れ、綾音のアソコはくちゅりと音を立てた。頬《ほお》は赤く上気して、震える唇からは甘い吐息が漏れる。眼鏡《めがね》が顔からずり落ちそうになっていたが、もはやそんな些細《ささい》なことに気をまわす余裕もなさそうだ。

「はあぁァ……あッ……」

次第に熱を帯びていく綾音のオナニーに、それを覗いていた和人のモノもいつの間にか膨張を始めていた。椛のように内にこもるのではなく、快感に対して直接的な反応を示す綾音が新鮮に見えたのだ。

「せ、先輩……あッ……気持ちいいの……もっと、もっとして……」

胸と股間《こかん》をいじる綾音の手が一段と速くなった。指が

クリトリスをとらえて包皮を剥《む》くように動き始める。和人はいっそのこと倉庫に踏み込んで、綾音を犯してやりたい衝動に駆られた。どうせ彼女もそれを望んでいるのだ。

だが、そんなことをすれば後々厄介だ。相手は同じ学園の学生であり、和人とも顔見知りの仲なのである。和人は沸き上がってくる衝動を必死になって押さえた。

その間にも綾音の自慰行動は激しさを増す。グチュグチュという湿った音が倉庫の中に響き渡り、溢《あふ》れ出た愛液が太股を伝って体操用マットに染みを作る。

「アアッ……先輩……先輩ィ……イク……イッちゃう……」

綾音の露出した丸い尻《しり》がガクガクと震えた。三つ編みにした髪を振り乱し、汗ばんだ肌からは発情した女の匂《にお》いが漂ってくるかのようだ。

「……っ!?」

絶頂を迎えようとしている綾音の顔が、不意に覗いている和人の方に向けられた。快感にとろんとしているが、その瞳《ひとみ》はしっかりと和人を見つめている。

……気付かれた!?

「い……い……イクぅッ！」

思わず和人が窓から身を引いた途端、綾音は全身を突っ張らせるようにして達した。余韻に身体《からだ》をガクガクと震わせながら、そのままゆっくりとマット上に崩れ落ちていく。だが、その瞳は和人の方に向けられたまま微笑《ほほえ》むように細められる。

覗いていたことがバレたことよりも、その笑顔に不安を感じて、和人は逃げるようにその場から離れた。

……あの女、どういうつもりなんだ？

終業のチャイムが響く学園内を歩きながら、和人はもやもやとした気分を持てあましていた。椛に対する苛立ち。綾音のオナニーによって生じた性衝動と訳の分からない不安感。できることなら、力任せになにかを破壊してしまいたいほどだ。

そんな時、ふとグラウンドに体操服姿の見知った顔を見つけた。

「……椛？」

今まで体育の授業だったのか、椛はハードルなどの後片付けをしている。だが、周りには他の者の姿は見えない。どうやらひとりでやっているようだ。

和人は思わず舌打ちしたい気分になった。

おとなしくて気が弱いために、クラスメートたちからすべてを押しつけられたのだろう。他人と関《かか》わろうとしないから、こういう時に守ってくれる友人もいないのだ。

おまけに動作が遅い。他の者がすべて着替えを終えて出ていった後、ようやく椛が更衣室にやって来た。

すれ違うクラスメートは、誰ひとりとして椛に声を掛けようとはしなかった。

……これは教育してやる必要があるな。

和人はもやもやとした気分の発散できる場所を見つけてほくそ笑むと、椛がひとりで残っているであろう更衣室に向かった。今のが最後の授業だし、クラブで着替えを必要とする連中はクラブ棟の方を使うだろう。

和人は遠慮なく女子更衣室に脚を踏み入れた。

「あっ……か、和人さん……?」

やはり室内にいたのは椛ひとりであった。

まだ着替えの途中だったらしく、上だけ制服を着ているが下はブルマ姿だ。和人は、後ろ手でドアを閉めて鍵《かぎ》を掛けると無言で椛に近寄った。

「和人さん……ここは……」

「女子更衣室だな」

「……あの……どうして……?」

椛が半ば呆然《ぼうぜん》として尋ねてきたが、和人はなにも答えずに彼女の背後にまわり込み、そのまま細い身体を抱きしめた。

「あっ……!」

反射的に前屈《まえかが》みになる椛の胸に手を伸ばし、制服の上から乳房を掴《つか》むようにして身体を引き起こす。椛は背後を振り返りながら、怯えた目で和人を見た。和人が何故に女子更衣室に踏み込んで来たのか、ようやく理解できたのだろう。

「あッ……やッ……ンくッ……」

「制服ごしでも、触られると感じるか？」

「………………」

椛は顔を赤くして俯《うつむ》いた。何度も和人に抱かれることによって、自分の意志に反して身体が勝手に反応を示してしまうようになっているのだ。

「ンッ……くふッ……あッ……」

そのまま激しく揉み込んでいくと、徐々に椛の息が荒くなってきた。和人は、制服の下に手を這わせてブラジャーをむしり取ると、直接手のひらで乳房に触れた。すでに愛撫《あいぶ》するまでもなく、乳首は頭をもたげて和人の指が触れてくるのを待っている。

「くくくっ、相変わらず敏感な身体だ」

和人は要望に応《こた》えて乳首を指で転がしながら、もう片手を椛の股間へと伸ばした。ブルマの上からとはいえ、大事な部分を撫《な》でまわされ、椛はブルッと身体を震わせる。

「あっ、そこは……いやぁッ……こんなところでは……」

「今さら誰もくるものか」

短く吐き捨てると、和人はブルマの中に手を入れて、ショーツ越しに割れ目を撫で上げてやる。まだ愛撫を始めて間もないというのに、もう椛の奥からは愛液が溢れ始めていた。

和人が指を動かすたびに、湿った音が聞こえてくる。

「随分と濡れるのが早くなったようだな、椛」

「うッ……あぁゥ……いやッ……」

「それじゃ、入れてやるぞ」

ブルマをショーツごとグッと片側に寄せると、和人は椛の身体を回転させて、正面から抱き合うように挿入した。

「はあぁっ……！」

肉棒に貫かれて椛はのけ反ったが、立ったままでは繋《つな》がりが浅い。和人は椛の両脚を大きく広げさせると、そのまま尻を掴んで抱え上げた。持ち上げられて不安定になったために、椛は両手で和人に抱きつきながら両脚を絡ませてくる。挿入された状態のまま、和人にしがみつく形となった。

「あぁッ……こ、こんな……の……」

「ふふふっ、いい格好だな。どうだ、この体勢は？」

「いやっ！　……怖い……」

椛は和人に抱きついたまま、いやいやと首を振った。

宙に浮いた状態なので不安なのだろう。落ちないようにと、必死になって和人の背中にまわした手に力を込めてくる。

「そら、動くぞ」

和人が下から突き上げるように腰を動かしていくと、椛の身体が大きく揺れた。同時に彼女の内部がうねり、肉棒をギュッと締めつけてくる。

「はぅぁッ……クッ……！」

「やッ……こんな……はうッ……」

今までとは違う感じがするのか、椛は頬はおろか耳までも桜色に染めて熱い息を吐き出した。瞳は潤んで涙が浮かび、和人が一突きするたびに身体をのけ反らせる。

「くっ……椛。お前のアソコが俺に絡みついてくるぞ」

「やあぁッ！　……はあッ……あうッ……」

相変わらず椛の中は狭い。肉棒で突くと穴を押し広げていく感触が、引くと肉壁が吸い付いてくるような感触がはっきりと伝わってくる。おまけに椛の呼吸に合わせて膣《ちつ》の内部が蠢き、和人を強烈に刺激してくるのだ。

綾音の自慰行為を覗いて中途半端に高まっていた和人は、椛に締めつけられ、あっという間に限界に達しそうになった。

「……そろそろ出すぞ、椛」

「えッ……あうッ……はあッ！」

和人は下からのピストン運動を激しくしながら、椛の身体を抱え上げては落とすという動作を繰り返していった。引き落とすたびに繋がりが限界まで深くなり、椛は狂ったように首を振る。

「……よし、おまえもイクんだ、椛」

「あッ……うくッ……あううぅ」

和人は最後に強く腰を打ちつけると、収縮する椛の膣から無理やり肉棒を引き出した。密着するふたりの間で精子が弾《はじ》ける。白濁の液体の大部分がブルマに大きな染みをつくり、とろりと流れて椛の股間を濡らしていった。

「あああ……」

ガックリと脱力する椛を床に下ろすと、和人は軽く唇を重ねた。

椛はそのまま余韻に浸っていたい様子だったが、いくら人が来ないといっても、いつまでもここにいるわけにはいかない。

「ほら、早く着替えろ。帰るぞ」

「……は、はい」

椛はのろのろと立ち上がると、汚れたブルマを脱いでスカートを履いた。自分の後始末をしながらその様子を見つめていた和人は、ふと窓の外で動く影のようなものに気付いた。

……まさか、誰かいるのか？

窓辺に近寄ると、和人は錆《さ》び付いてガタのきている窓枠に手を掛けた。しかし、窓はわずか数センチほどしか開かない。その隙間《すきま》から外を覗いても、誰の姿もなかった。

「……気のせいか」

椛を抱いて発散したはずなのに、和人の胸にはまだ妙な不安感がくすぶり続けていた。


「あらあら、一緒にお帰りですか？」

学園から車で屋敷へ戻ると、ニンマリとした笑みを浮かべた静流が玄関で出迎えた。

他に手の放せない仕事でもしているのか、いつもは共に迎える真理の姿はない。それだけに、静流ははばかることなく椛にも笑顔を向けている。

「う～ん……ツーショットだけでも十分なんだけど、どうせなら、もっと仲がよさそうにした方がいいんだけどなぁ」

静流はそう呟《つぶや》きながら、ぐいぐいと椛を和人の方へと押しつけた。

「……なんのつもりだ、静流？」

「いえ……もっと仲良しさんになってほしいなぁ～って思っただけですよ。ほら、椛ちゃんも腕を組んで」

「あ、あの……」

和人に密着させられて、椛は戸惑うような表情を浮かべている。

「ふざけてないで、風呂《ふろ》の用意をしてくれ」

「もう、ホントに素直じゃないんだから……」

素っ気ない和人の言葉に、静流はプッと頬を膨らませる。そして、今度は椛の方に身体ごと向き直ると、

「椛ちゃんは和人さんと一緒に帰れて、嬉《うれ》しいわよね？」

と、同意を求めるように訊《き》いた。

だが椛はなにも答えずに、和人と静流を交互に見た後、また俯いてしまった。

「もう……このふたりは……。よし、ここはひとつお姉さんが一肌脱いで……」

「どけ、邪魔だぞ。静流」

和人が静流を無視して屋敷に入ると、椛もそのあとに続いた。

「ああっ、椛ちゃんまで……」

「いい加減にしないと、真理に言いつけるぞ」

「……はいはい」

まったく乗ってこないふたりに、静流はがっくりと肩を落としながら従った。

「ふう……」

和人が熱い湯船につかっていると、浴室の入り口に人影が見えた。一瞬、椛が来たのかと思ったが、呼びつけてもいないのに自分からやってくるとは考えられない。

「誰だ？」

「静流です。和人さん、たまにはお背中流しましょうか？」

「そうだな……それじゃ、頼むとするか」

「はいっ」

威勢のよい返事と共に、ガラガラと浴室のドアを開けて静流が入ってくる。驚いたことに、静流は全裸姿だった。

「おいおい、静流……」

「お風呂に入るんだから、裸なのは当たり前ですよ？」

「それはそうだが……」

「それに、今さら隠すような仲でもないでしょう？」

そう言って、静流は浴室のタイルの上に跪くと、備えてあったスポンジにボディソープを垂らして泡立たせ始める。和人はそんな静流の姿をジッと見つめた。

相変わらずよいスタイルだ。椛と比べること自体が間違いなのかも知れないが、静流は成熟した女性特有のラインを持っている。

……そう言えば、このところ静流とはご無沙汰《ぶさた》だよな。

和人は過去の感触を反芻《はんすう》するように、静流の身体を眺めた。

二年ほど前、和人は静流に誘われるままに関係を持った。それが和人の筆おろしだったわけだが、関係はその後もしばらく続いていたのである。

「さあ、洗ってあげますからお風呂から出てくださいなっ」

静流に促され、和人は湯船から出て浴室用のイスに座った。

過去のセックスを思い出して股間が少し膨張していたが、気にしないことにする。静流も見て見ぬ振りをすると、背後から和人の背中をスポンジで擦り始めた。

「ねえ……和人さん。椛ちゃんには優しくしていますか？」

「どういう意味だ？」

それが単なる日常での接し方に留まらず、夜のことを指しているのだと察して、和人は少し不愛想に反問した。たとえ静流といえども、この件に関しては真理同様に口出しさせるつもりはなかった。

「いえ……椛ちゃんを見ていると、なんだか痛ましくて……」

「………………」

「椛ちゃんは、和人さんにとって大事な存在となる時がくると思うんです。だから……」

「それまでセックスするなら自分としろ……とでもいうのか？」

和人の意地の悪い言い方に、背中を擦っていた静流の手がピタリと止まった。

「ん……？」

背後を振り返ると、静流は悲痛な表情を浮かべて俯いている。

椛がこの屋敷に来て以来、静流とは一度も身体を重ねていない。それで欲求不満から、椛に対する軽い嫉妬《しっと》のようなものでも感じているのかと思ったのだが、どうやらそうでもないらしい。それによく考えてみれば、真理と違って、静流はずっと椛を擁護する立場を取り続けているのだ。

「和人さん……私は……」

「いや、悪かった」

和人は慌てて言った。

普段はどんなことも笑い飛ばす静流のことだから、今回も軽く受け流すだろうと踏んでいたのだ。だが、想像していた以上に静流の反応は重かった。

「私は……椛ちゃんとは違いますよ」

「そんなことは分かっている」

椛と静流では、和人にとって役割も違えば立場も違うのだ。今までふたりを比べたことすらなかった。

「和人さん……もしかして、初めての相手が私だったことを後悔していますか？」

「後悔してるなら、その後も関係を続けたりはしない」

「……それもそうですよね」

静流はようやくクスリと笑うと、背中を擦る動きを再開させた。

「私は初めての相手として、和人さんの心のどこかに刻まれていればそれで十分です。後はすべて椛ちゃんにお任せしちゃいます」

だから……と、静流は和人の耳元に顔を寄せて囁《ささや》いた。

「あの娘《こ》は大事にしてあげてくださいね」

「やはり、自分と似たような境遇のやつには同情的になるものなのか？」

「私と椛ちゃんは別に似ていませんよ。私が椛ちゃんの味方をするのは、和人さんのためなんです」

「俺の……？」

「そう。和人さんのためです」

静流はそう言うと、お湯で和人の背中の泡を流した。泡の塊が渦を巻いて、排水溝へと流れ込んでいく。その様子を何気なく見つめながら、和人はふと思い立ったことを静流に訊いてみることにした。

「そういえば……静流の初めての相手は誰なんだ？」

「え……？」

静流は突然の質問に、驚いたように目を見開いた。

和人と初めてセックスした時、静流は処女ではなかった。十代の頃は今の和人と同じ学園に通っていたが、恋人がいたという話も聞いたことがない。

「随分と手慣れていたしな……。どこかの中年親父《おやじ》にでも仕込まれたのか？」

と、和人は笑いながら静流を振り返った。

だが、静流は顔を強張《こわば》らせたまま、返事をしようとはしなかった。

……どうやら、あまりいい思い出ではないみたいだな。

「あの……和人さん……私は……」

「……いや、もういい」

無理やりに口を開き掛けた静流を、和人は手を上げて制した。今日は軽口のつもりで言ったことが、すべて静流を困らせるような内容になってしまうようだ。

「俺は、静流が初めての相手でよかったと思ってる。だから、静流の初めての相手も俺だったらもっとよかったのに……って、ちょっと思っただけだ」

「……はい」

はにかんだような笑顔を浮かべる静流を正視できず、和人は逃げるように湯船の中に入り直した。

静流はそんな和人を優しい瞳で見つめると、そっと浴室から出ていった。

第四章　罠と報復

数日後の放課後……。

学園の廊下を歩いていると、廊下の隅で椛と綾音が立ち話をしている姿が目に入った。

……めずらしい組み合わせだな。

和人は思わず脚を止めて、ふたりの様子を伺った。

綾音は、いつも椛が和人と一緒にいることを知っている。もちろん具体的にどういう関係かは話してもいないし、話す必要もない。

だが、ある程度のことは察しているのだろう。

現に和人に挨拶《あいさつ》をする時、ついでという感じではあるが椛にも挨拶しているのだ。だから互いに知らぬ仲ではないが、廊下で話し込むほど親しいとも思えない。

それに、先日の綾音のオナニーの件も気になる。

「ふむ……」

なんとなく嫌な予感がした和人は、そっとふたりに近付くと、廊下の角に隠れて聞き耳を立てた。

「……だから、なんでいつも城宮が先輩と一緒に学校にくるんだよ?」

「それは……住んでいる場所が同じだから……」

「だから、その同じっていうのが気に食わないんだよっ」

いきなり綾音の乱暴な言葉が耳に飛び込んできた。

驚きで、和人は思わず声を上げそうになる。聞こえてくる綾音の声は、いつも話しかけてくる時のものとはまったく違うのだ。

二面性を持つ者は確かに存在するが、ここまで違うとまるで別人のようだ。

和人はそっと顔を出してふたりの姿を見た。

「城宮ぁ、おまえ、こんな貧弱な身体《からだ》でどうやって先輩をたぶらかしたんだよ？」

「…………………」

綾音の激しい言葉に反論しようともせず、椛は無言で俯《うつむ》いている。

こんな場合でも、椛の表情に変化はなかった。怒ったり悔しがったりという感情をまるで見せないのだ。ましてや相手が聞く耳を持たないのが明らかな場合は尚更《なおさら》だ。

だが、それがかえって相手の苛《いら》立《だ》ちを増大させる。

「いいかげんに出てけよっ、先輩の家から」

綾音は椛に近付くとグイグイと足を踏んだ。

椛はわずかに顔をしかめたが、反抗する素振りはみせない。

「先輩が城宮みたいなのに本気になるわけないけどさ、目障りなんだよっ」

「……私……だって……」

椛は綾音の言葉に、ギュッとスカートの裾《すそ》を握りしめた。

「好きで……いるわけじゃ……」

「それじゃ、なんなんだよ？」

「…………………」

綾音の質問に答えようとせず、椛は顔を背《そむ》けるように唇を噛《か》んだ。

「ふざけるなよっ」

焦《じ》れた綾音は、椛の胸ぐらをつかみ上げた。

弱ったことに周りには誰《だれ》もいない。もっとも、綾音も誰も側《そば》にいないからこそ、普段の仮面をかなぐり捨てて椛に迫っているのだろうが……。

……チッ、仕方ないか。

このまま放っておくと、どんどんエスカレートしていきそうだ。

和人はそっと数歩ほど下がると、今度はわざと足音が聞こえるように歩きながら廊下の角を曲がった。

「おっ、椛、綾音と一緒か？　めずらしいな」

わざとらしく聞こえなければいいがと思いつつ、和人はふたりの前に姿を見せた。足音がした時点で、綾音は椛を解放していたようだ。

「あ、せんぱぁ〜い」

と、笑顔を見せて、抱きつかんばかりの勢いで駆《か》け寄ってくる。

さっきまでの様子とは、打って変わったような可愛《かわい》い猫なで声だ。

「ふたりの仲がいいとは、知らなかったな」

「そうなんですよ〜。綾音と椛さんとは、おっ友達なんです〜」

「…………………」

さすがの椛も、綾音の豹変《ひょうへん》ぶりに驚いているらしい。目を丸くしながら、和人にすり寄っていく綾音を呆然《ぼうぜん》と見つめていた。

「ちょうどよかったぁ〜、私……先輩にお話ししたいことがあったんですぅ」

「ほう……なんだ？」

「えっと……それは……」

綾音はチラチラと椛を見た。どうやら椛の前では話したくないようだ。単にふたりっきりになりたいのかもしれないが、このままでは話が進まない。

「椛、教室に戻っていろ」

「………………」

和人が命じると、椛はこくりと頷《うなず》いてその場から立ち去っていく。表情に変化がなくて分かりにくいが、厄介な相手から逃れることができてホッとしているのかも知れない。

「それで……藤代。話っていうのは？」

「もう、先輩ったらぁ。綾音って呼んでくださいよぉ」

綾音はニコニコと笑みを浮かべながら言った。

今までなら愛想笑いのひとつも返してやるところだが、椛を罵倒《ばとう》していた姿を見た後では、とてもそんな気分にはなれなかった。

「呼び方なんてどうでもいい。早く用件を言え」

「どうでもよくないですよぉ～。それじゃ、先輩が私のことを綾音って呼んでくれたら教えてあげます」

「……帰るぞ」

和人が立ち去ろうとすると、綾音が引き止めるように背中にすがりついてきた。

「言います言います。綾音は先輩のことが好きなんですっ」

「……え？」

「だから、綾音とおつき合いしてください、先輩」

「……断る」

和人は吐き捨てるように言った。

こんなくだらない話に、これ以上つき合うつもりはない。

「先輩、綾音は本当に先輩のことが好きなんです」

「……俺《おれ》とおまえでは釣り合わん」

冗談っぽく好意を見せているならともかく、本気で御門財閥の後継者とつき合いたいというなら話は別だ。この学園に入学したのだから、おそらく綾音もどこかのお嬢様なのだろう。だが、とても御門家と対等に渡り合えるとは思えない。

第一、家格がどうのというより、もうひとつの顔を知ってしまった以上、和人は綾音に対して欠片《かけら》ほどの魅力も感じなかった。

「……そんなこと言っていいんですか？」

すがりついてくる綾音を邪険に払い退《の》けると、彼女の目が怪しく光った。悪戯《いたずら》っぽい表情ではあるが、笑顔の下から、さっきまで椛に見せていた顔がのぞいている。

「先輩……この間、私がひとりエッチしてるところ覗《のぞ》いてましたよね？」

……やはり気付いていたのか。

和人は動揺が顔に出ないように気を付けながら、否定も肯定もせずに綾音を見つめた。

「天下の御門財閥の跡取りがノゾキだなんて……。これはちょっとしたスキャンダルだと思いませんか？」

「そんなくだらない与太話は、誰も信じないぞ」

「写真があったとしても？」

「……なんだと？」

綾音は、ポケットから一枚の写真を取り出した。確かに、体育倉庫の窓から中を覗く和人の姿が写っている。

「ふふふっ……先輩ったら、目を血走らせて私のオナニーを見てるんだもの」

「……なるほどな」

どうやら、綾音は最初からそのつもりだったようだ。和人の名前を呼びながら体育倉庫でオナニーをするなど、どう考えても正気とは思えない。すべては和人の弱みを握るための策略だったというわけだ。

和人が授業をサボった時にいく場所など限られている。

ずっとその行動を追い続けていれば、そこに罠《わな》を掛けることなど簡単だろう。

「俺を脅《おど》すつもりか？　だが、無駄なことだ」

たとえ写真があったところで、これぐらいのことをもみ消すのは造作もない。この程度で屈服させるつもりなのだとしたら、綾音は和人の力を見くびっているのだろう。

「でも……こういうのもあるんですよぉ？」

そう言って、綾音は別の写真を数枚取り出し広げて見せた。

「……っ⁉」

それは和人が女子更衣室で椛を抱いている写真であった。

やはり、あの時……誰かが外にいたような気がしたのは、間違いではなかったのだ。まさか、綾音が写真を撮っているとまでは思いもしなかったが……。

「先輩を脅すネタにはならなくても、椛さんはどうかなぁ？」

「椛を……？」

「学園も先輩にはなにも言えないけど、椛さんは別でしょうね」

「…………………」

「さあ、どうしましょう？」

綾音はヒラヒラと写真を振りながら、和人に決断を迫った。

すべてを闇《やみ》に葬るなど簡単なことだが、ある程度の時間は必要となる。ここで強硬な態度に出れば、綾音がなにをしでかすかしれたものではない。

「少し……考える時間をくれないか？」

「いいですよぉ。じゃあ……明日の放課後に体育倉庫で待ってますから」

そう言い残すと、綾音は手を振りながら廊下を駆け出していった。

その後ろ姿を見送りながら、和人はグッと拳を握りしめた。


綾音に考える時間が欲しいとは言ったが、和人はノー以外の答えを選ぶつもりはない。

問題は、どのようにして綾音の企みを潰《つぶ》してやるか……だ。

たとえ写真が学園内に流れたとしても、和人はさほどの被害は被《こうむ》らないだろう。

学園側はなにも言わないだろうし、学生たちも和人を恐れて噂《うわさ》を口にすることさえ憚《はばか》るに違いない。問題は、綾音も言っていたように、椛が学園に居辛《いづら》くなるのではないかということだ。

「さて……どうしたものかな」

和人は自室のベッドに転がりながら、今後の対策を検討していた。

本来なら椛のことなど放っておけばいいのだ。彼女がどんなに辛い立場になろうと、和人には関係ないのである。気が向いた時に命令して、ちゃんと身体を開きさえすればそれでいい。椛の心など、いちいち考慮する必要はないのだ。

だが……和人は、どうしてもそれができなかった。

「……チッ」

こんなくだらないことを、あれこれと考えている自分が無性に腹立たしかった。

和人はベッドから起き上がると、気分転換のために静流にコーヒーでも持ってこさせようと、サイドテーブルにあるインターフォンに手を伸ばした。が、ジッと待つよりは出向いた方が早いだろうと思い直し、ドアへと向かう。

その時……。

ドアの向こうから、なにやら口論する女の声が聞こえてきた。

声からすると真理と静流のようだ。毎日顔をつき合わせているのだから、たまにはケンカのひとつもするだろう。しかし、これほど激しい口調のやりとりはめずらしい。

和人は、そっとドアを開けて廊下の様子を窺《うかが》ってみた。

「どうしてあなたには分からないのっ、静流！」

「分かっていないのは真理さんの方ですっ」

普段は従順な静流が、挑むような声で真理に反論している。

「和人さんには、椛ちゃんが必要なんです」

……えっ⁉

和人は思わず身を乗り出した。

どうやら、この口論の原因は自分と椛にあるらしい。部屋からは少し離れているので、ふたりとも和人に聞こえているとは思っていないようだ。

「静流、分かってるの？　今の和人様がしていることは、旦那《だんな》様があなたにしたのと同じことなのよ？」

真理の諫《いさ》めるような言葉に、静流はグッと言葉を詰まらせる。

……親父《おやじ》が？　親父は静流になにをしたのだろう？

「それなのに、あなたは和人様の過ちを正すどころか、逆にあおっているじゃない」

「確かに……和人さんのしたことはほめられないわ」

静流は苦しそうに顔を伏せたが、やがて思い直したように顔を上げる。

「でもっ、私は結果的に椛ちゃんがここに来たことはよかったと思ってます」

「どうして？　そのせいで一人の少女が不幸になったのに……？」

「椛ちゃんが不幸になるとは限らないわ。私だってここに来て色々あったけど……自分を不幸だとは思ってないもの」

「……………」

真理は、静流の勢いに押されるように沈黙した。

「和人さんにとっての椛ちゃんという存在は、旦那様にとっての私とはまったく違うわ。まだ和人さん自身も気付いてないけど……そのうち、きっと……」

そう言って肩を震わせている静流を見て、和人はそっとドアを閉めた。人をネタに勝手なことを……と思いながらも、ふたりの前に出ていく勇気はなかったのだ。

真理に、そして静流に、椛とは和人にとって何者なのかと問われた時、明確な答えを出す自信が無くなっていたからである。

和人は再びベッドの上に寝転がると、思考を遮断するように目を閉じた。

……単なる興味から引き取ったはずなのに。

和人の心の中で、徐々に存在感を増していく椛。それを疎ましく思いながら、和人はいつのまにか眠りの中へと沈んでいった。

和人は夢を見ていた。

　これは夢なのだ……と、夢の中で認識するのもおかしな話だが、それが分かるという理不尽さも、夢ならではのものなのかも知れない。

　その夢の中で、和人は三、四歳の子供に戻っていた。

　場所は……屋敷の裏にある庭園だろう。和人はその庭園を必死になって走っているのだ。

　背後からは、どこかで見たような少女が追い掛けてくる。

「もう許してよ……」

「ダメです、和人様。いつも悪戯ばっかりして……ほら、捕まえた！」

「苦しい、離してよぉ、真理」

　……真理？　そうか……この少女は真理か。

　和人は真理の腕の中でもがきながら、その少女の顔に現在の真理の面影を重ねていた。

「いいえ、ダメです。私は奥様から、和人様のことを頼まれているんですから」

「いつも奥様奥様って……奥様なんかどこにもいないじゃないかぁ！」

「……っ⁉」

　その言葉に真理はハッとしたような表情を浮かべ、子供の和人をギュッと抱きしめる。

「……真理？」

　いつもと違う真理の様子に、幼い和人は不意に心細さを感じた。

「ごめんなさい……和人様」

「……どうしたの、真理？　泣いてるの？」

「……いいえ」

真理は、涙を拭《ぬぐ》って顔を上げた。

「これからは、真理が和人様のお母さんになってあげます」

「え～っ、真理は真理でいいよぉ」

「ふふっ……」

真理の優しい笑顔を浮かべて、和人の額にキスをした。

その感触に、和人はこれが十数年前の記憶であることを思い出した。あの頃《ころ》はずっと真理が和人の面倒をみていたのだ。そう……この後すぐに、父親が英才教育を施すと言って人間味のない家庭教師を連れてくるまでは。

それから……和人と真理は、ただの主人とメイドの関係になった。


「和人様、失礼いたします」

「ん……」

どこからか聞こえてくる声に、和人は現実へと引き戻された。

目を開けると、眼前には自分を覗き込んでいる真理の姿がある。夢で見たばかりの顔がいきなり現れたことに驚いて、和人は慌てて身体を起こした。

「な、なんだ……真理か」

「今日は夕食をこちらで召し上がると仰《おっしゃ》っていたので、お運びしたのですか……やはり、給仕は静流の方がよろしかったでしょうか？」

「あ、いや……ちょっと眠り込んでしまったらしい。急に真理が現れたような気がしたから、少し驚いただけだ」

「そうですか……」

真理はホッとした表情を浮かべた。静流でなければ気に入らない……と和人が言い出すのではないかと心配していたのだろうか。

「最近は静流に任せておりますが、昔は私がお食事を運んでおりました」

「ん……真理が？」

和人にそんな記憶はない。

「……と言いましても、和人様のお母様がご健在だった頃のことです」

真理は慌てて補足するように言うと、懐かしげに部屋を見回わした。

「この部屋は、出産を控えた奥様が寝室としてご使用なさっておられました。その頃、私は朝昼晩とお食事を運び、時にはお食事をご一緒させていただいたこともあります」

真理は遠い昔を思い出すように目を細めた。よっぽどいい思い出なのだろう。こんなに柔和な顔の真理は、見たことがない。

「奥様は、まだ小さく仕事にも不慣れな私を実の娘のように可愛がってくださいました」

「…………………」

「あっ……」

和人が沈黙していると、真理は自分が喋《しゃべ》りすぎたことに気付いて口に手をあて、

「失礼いたしました、和人様」

と、バツが悪そうに頭を下げた。

「なあ……真理。母さんてどんな人だったんだ？」

「えっ？」

和人は急に母親のことを聞いてみたくなった。

祖父母のいない和人は、自分が生まれると同時にこの世を去った母親のことを、誰からも詳しく聞かされた憶えがない。父親とはほとんど会話をしないどころか、滅多に顔すら合わさないのだ。

それが分かっているだけに、普段は必要以外の話をほとんどしない真理もめずらしく口を開く気になったようだ。

「そうですね……とてもお美しくて、お優しい方でした……」

和人は写真でしか母親を見たことがないが、確かに相当な美人だった。もっとも、そうでなければ、いくら家のためとはいえあの父親が結婚などするはずもない。

「誰とも分け隔てなくつきあい、慈《いつく》しんでくださる……そんな方でした。奥様こそ、貴婦

人と呼ばれるのにふさわしい方です」

「…………………」

「もし奥様が生きていらっしゃれば、和人様も……」

そこまで言って、真理はハッとしたように口をつぐんだ。

「俺が、なんだって？」

「……いえ……別に……」

真理は答えようとせずに俯いてしまったが、言おうとしていたことはなんとなく分かる。

母親さえ健在なら父親のようにはならず、優しい人間になっていた……というところだろう。和人はそんな自分を想像しただけで吐き気がしそうだった。

「……ふん、まあいい。もう一つ訊《き》きたいことがある」

「はい……？」

「育てられた恩があるといっても、もう十分に働いて返しただろう。真理ならどこにいってもやっていけると思うが、どうしていつまでもここに留まっているんだ？」

和人の質問に、真理はふっと表情を曇らせる。

「和人様は私が邪魔ですか？　私が……この屋敷にいないほうがよろしいですか？」

「いや、そんなことはない。真理はうちのメイド長だし、いないと困るが……」

「私がこの屋敷に留まっているのは、和人様がいらっしゃるからです」

「……え？」

「たとえなにがあろうとも、和人様がここにおられる限り、私はここを離れません。私は亡くなられた奥様にそう誓いました」

真理はキッパリと言い放った。

「それじゃ、まるでこの家ではなくて、俺個人に仕えているみたいだな？」

「メイドとしては失格かもしれませんが、そうとっていただいてもかまいません」

「なるほど……だから俺の勘気をこうむってでも、椛のことに反対するわけか。静流とケンカをしてまで」

「……っ！」

真理の顔がカッと赤くなった。怒りのためか、それともメイド同士の諍《いさか》いを知られてしまったという後悔だろうか。真理は和人から顔を背けると、踵《きびす》を返してその場から逃げ出すようにドアへと向かう。

「お、おい……真理」

「和人様は、椛さんのことで、ひとつだけお気付きになっていらっしゃらないことがあります。……おそらく、無意識の内に目を逸《そ》らしておられるのでしょうけど」

部屋の入り口で脚を止めると、真理は振り返らずに背中を向けたまま言った。

「俺が気付いていないこと？」

「椛さんは……亡くなった奥様に似ておられます」

真理はそれだけを言い残すと、そのまま部屋を出ていった。


翌日。

和人は授業を終えると、そのまま保健室へと向かった。

養護教諭から、椛が体育の授業中に貧血で倒れたと知らされたからである。

保健室には「不在」というプレートが掛かっていた。養護教諭はどこかに出掛けているらしいが、自分の具合が悪いわけではないので関係ない。和人は無造作にドアを開けて、保健室の中に入った。

衝立《ついたて》で隠されたベッドの方へ向かうと、椛が体操服姿のままで横たわっていた。

「椛……」

「……あっ……和人さん……」

眠りが浅かったのか、それともただ目を閉じていただけなのか……和人が声を掛けると、椛はすぐに目を開いて身体を起こそうとした。だが、和人はそれを手で制する。

「また貧血らしいな？」

「はい……すいません……」

「薬を使うよりも、もっと体力をつけたほうがいいんじゃないか？」

元々身体の強くない椛は、これまでにも何度か貧血で倒れている。それほど悪性のものではないらしいので、シェフに言って栄養価の高い食事を出すようにと指示していた。その甲斐《かい》あってか、ここしばらくは倒れるようなことはなかったのだが……。

「あの……和人さん……」

「なんだ？」

「私……やっぱり……和人さんの家を出た方が……」

椛は俯きながら、ぼそぼそと呟《つぶや》くように言った。

こうも度々倒れたのでは余計な面倒を掛ける、という程度の理由ではないだろう。自分がどのような経緯で御門家に来たのかを、椛は十分すぎるほど知っているのだ。

なのに、あえて出ていった方が……と言うのには、なにか別の意味があるはずだ。

「なにを今更……」

と、言い掛けた和人は、あることに気付いてハッと椛の顔を覗き込んだ。

「……もしかして、綾音になにか言われたのか？」

「…………………」

椛は肯定も否定もしようとはしなかったが、その態度が和人に確信を持たせた。昨日の様子からして、綾音はまた椛に和人の家を出ていくように迫ったのだろう。

「もしかして……倒れたのはそれが理由か？」

和人の質問に、椛はふるふると首を振った。

椛は貧血で倒れたのであって、直接的には綾音とは関係がない。だが、椛に対して精神的な苦痛と衝撃を与えたことは間違いないはずだ。

今まで感じたことのない怒りが和人を支配した。

誰もが敬遠する自分に親しげに近寄ってくる綾音を、和人は憎からず感じていた。だからこそ、鬱陶《うっとう》しいとは思いながらも遠ざけようとはしなかったのだ。

それなのに……。

「まだ顔色が悪い。……もう少し休んでいろ」

「お帰りになるんですか？」

椛は和人の顔を見上げてそう訊いた。その顔が青く見えるのは、暗めの照明のせいだけではないだろう。

「……いや、まだ用事がある」

「そう……ですか」

「それが済んだら呼びにくるから、それまでおとなしく寝てろ」

「……はい」

自分を放って帰るつもりがないということを知って、椛の顔に少しだけ血色が戻った。

和人はそんな椛の頭を軽く撫《な》でると、そのまま保健室を後にした。

廊下を歩いて、和人は体育倉庫へと向かった。綾音に自分の立場を教えてやるという、大事な用を済ませるために。


体育倉庫に入ると、綾音はすでに来ていた。

和人は倉庫のドアを閉めるついでに、気付かれないように鍵《かぎ》を掛ける。これから綾音がどんなことを提案しようが、和人はすべてはねつけるつもりであった。これからここで行うのは、話し合いではなく一方的な懲罰だ。

「先輩、考えてもらえましたか？」

綾音は自分が優位な立場にいると思い込んでいるらしく、ニコニコとしたまま和人の顔を覗き込んできた。

「確か……俺と正式につき合うことが望みだったな？」

「はい、そうです」

「どうして俺とつき合いたいんだ？」

「それは……やっぱり、先輩が好きだし。それに……」

「それに？」

「恋人が御門財閥の跡取りなんて、すごいじゃないですか」

おそらく……綾音はなにも考えていないのだろう。

和人が、御門財閥のひとり息子だという自分の立場をどう受け止めているのか想像したことすらないに違いない。世間知らずのお嬢様は、単純に和人とつき合うことでシンデレラになれると思い込んでいるだけだ。

……ああ、やはりこいつも同じか。

結局、綾音も他の連中と変わりはない。積極的に関《かか》わりになろうとするか、遠ざかろうとするかの差だ。すでに分かっていただけに失望こそしなかったが、和人はわずかに溜《た》め息《いき》をついた。

「……俺の返事を聞かせてやる」

「はいっ」

身を乗り出してくる綾音の肩を掴《つか》むと、和人はそのまま体操用マットの上に突き飛ばした。あまりにも突然のことに、綾音は悲鳴を上げる間もなくマットの上に転がった。

和人はそんな綾音に近付くと、制服の胸元に手を掛け、一気に引き裂いた。

「あっ……い、いやぁぁ！」

制服が破れて下着が露出した時点で、綾音はようやくかすれたような悲鳴を上げた。

放課後の体育倉庫だ。人がやってくる心配はないし、もし来たとしても構わない。和人は綾音の口を塞《ふさ》ごうともせず、ブラジャーをむしり取って乳房を露出させた。

「いやっ……！　先輩……なんでっ⁉」

「俺を脅そうなんて馬鹿《ばか》なことを考えると、どうなるか教えてやるっ」

和人は乱暴に綾音の乳房を鷲掴《わしづか》みにした。

胸の大きさはこの年頃では標準というところだろう。まだ芯《しん》を感じはするものの、椛よりずっと柔らかい。指先に力を入れると、手のひらの中でぐにゃりと形を変えた。

「ああッ、痛いっ！　お願い……やめてっ、先輩っ！」

「ダメだ」

和人は冷たい声で言った。

「おまえは俺を怒らせてしまった。その報いをくれてやる」

「ひッ……い、いやぁぁ！」

綾音は怯《おび》えるように顔を歪《ゆが》ませると、慌てて背を向け逃げ出そうとする。和人が本気だと気付いて恐ろしくなったのだろう。和人は素早く綾音の髪を掴んで引き寄せると、そのまま側にあった跳び箱へと押しつけた。

「痛いっ！　先輩、乱暴にしないでっ」

「乱暴にしなければ、素直に股を開くというのか？」

「そ、そんなっ……違います……！」

「諦めろ。俺は中途半端でやめるつもりはない」

和人は再び綾音の乳房に手を伸ばすと、力を入れて容赦なく揉《も》み上げていく。恐怖のあまり乳輪の中に埋もれている乳首を指で摘《つま》むと、捻《ひね》るように引っ張り上げた。

「くひッ……あああッ……やッ……」

相当な痛みを感じているはずだが、それでも乳首はむくりと頭をもたげてくる。指で擦《こす》るようにぐりぐりと刺激を与えていくと、綾音は背中を反らせて目に涙を浮かべた。

「さすがにオナニーを見世物にするだけのことはあるな。かなりの感じ方だ」

「先輩……なんで……なんでこんな……」

「言っただろう。俺を怒らせるからだ」

和人は綾音の背後からスカートをまくり上げると、ショーツに指を掛けて一気に引き下ろした。跳び箱にしがみつくような形のまま、綾音はヒィッと引きつった声を上げる。

「ほう……あれだけ激しくオナニーをする割にはきれいな色をしているな」

「ああッ……いやあああッ！」

綾音は涙を浮かべ、和人の視線から逃れようと必死になって尻《しり》を振った。だが、背後から腰を押さえつけられているために、それ以上の抵抗はできないようだ。

「イヤです……もう……これ以上は……」

「なにを言う、これからが本番じゃないか」

和人が剥《む》き出しになったアソコに指で触れると、すでに濡れているらしく、クチュリといやらしい音がした。

「なんだ……レイプされているというのに、感じてるのか？」

「そ、そんなこと……ありませんっ……」

「ほう……それはどうかな？」

和人は綾音の割れ目をゆっくりと撫で上げると、いきなり指を突き入れた。綾音の中は指一本でもきつく、わずかに先端が潜り込んだだけだ。

「あぁッ……いたあぁッ！」

「きついな……おまえ、ひょっとして処女か？」

「………うッ」

綾音は、答えるかわりに顔を赤くして俯いた。和人を罠に掛けるために、わざわざオナニーまでして見せたのだ。てっきり経験者かと思ったのだが、どうやら違うらしい。

「なるほど……だったらよくほぐさないとな」

狭い穴に無理やり入れるのは、男の方も痛いのだ。和人は回転させるように捻りながら、ゆっくりと指を沈めていく。

「くはッ……ひいいぃいぃッ……」

綾音は尻を揺らしながら、苦しそうに息を吐いた。

「力を抜け。抵抗しても余計痛くなるだけだぞ」

「クッ……ふッ……」

膣内《ちつない》で張り合わさっていた肉襞《にくひだ》が次第にほぐれ、愛液の分泌と相まって次第に指がスムーズに動かせるようになる。和人は指を根本まで押し込んでいった。

「くはあぁぁッ……！」

　綾音は苦しげな声を出すが、アソコは指一本くらいならすんなり飲み込めるようになっていた。これで十分だろう。別に綾音を喜ばすために愛撫《あいぶ》をしているわけではないのだ。

　和人は愛液で湿った指を抜くと、すっかり怒張した肉棒を取り出した。

「あッ……いやッ！　これ以上はいやぁぁ！」

　いよいよ入れられると知って、綾音は激しく首を振りながら抵抗した。だが、どれだけ暴れようとも、力で男に敵うはずがない。和人はやすやすと綾音の腰を抱え、肉棒を彼女の中心に当てた。

「いくぞ……」

和人はまったく気遣いをせずに、いきなり腰を繰り出した。

「ぎゃあああぁぁぁッ！」

破瓜《はか》の痛みで、綾音は狂乱したかのように泣き叫ぶ。薄い肉壁をこじ開けるようにして肉棒が侵入してくるのだから、痛みは相当なものだろう。いくらか出血もしたらしい。和人の肉棒の周囲がピンク色に滲《にじ》んだ。

「痛い……痛いのぉ……抜いてぇぇッ……！」

処女膣の狭さは椛で経験済みだったが、綾音のそれは更に強烈であった。普通に相手のことを考えれば容易に動くことできないが、今回に限って遠慮をする必要などない。和人は無理やりに腰を動かし始めた。

「痛いッ……いやッ……うごか……ないで……」

綾音は哀願するように、和人を振り返って顔を歪めた。

さすがにゆっくりとしか動けなかったが、痛みのせいか綾音の内部はピクピクと痙攣《けいれん》して、和人を刺激する。

肉体的な快感は確かに存在するが、精神的な満足感は欠片もない。

あの椛を抱く時のような興奮は、とても綾音からは得られないようだ。

……結局、こいつも取るに足らない存在だったというわけか。

激しく腰を前後させながら、和人は泣き顔を浮かべる綾音を見下ろした。

「あうッ……くッ……ああッ……」

苦しそうに背中を反らす綾音を見つめているうちに、和人はいつの間にか射精していた。

うねるように収縮を繰り返す綾音の肉壁は、本人の意思を無視して膣の奥へと精液を運ぶ運動を繰り返し始めていた。

「やッ……なに……なにかが……入ってくる……」

「俺の精子だ、たっぷりと味わえ」

「え……あっ……い、いやあああっ！」

生まれて初めての感覚に戸惑っていた綾音は、膣の中で出された意味を理解して、激しく首を振った。跳び箱で支えていた身体が、ずるずると床に崩れ落ちる。その拍子にずるりと肉棒が抜けた。

「あ、う……うう……こんな……こんなのって……」

放心したように虚ろな表情を浮かべる綾音のアソコから、白い精液がたらたらと流れた。

射精を終えた和人に、いつものような高揚感はない。それどころか、急に孤独感が和人の全身を包んだ。これで綾音は二度と笑いかけてくることはないだろう。学園で和人に語りかけてくる者はいなくなったしまったのだ。

ただひとり、椛をのぞいて……。

和人は自分が何故《なぜ》に椛に興味を持ったのか、いやでも自覚せざるを得なかった。
椛は……いや、和人は椛に似ているのである。

第五章　体温を伝える相手

「すごい人だな……」

行き交う家族連れやカップルの姿を見つめながら、和人は呆然《ぼうぜん》と呟《つぶや》いた。傍らにいる椛も、同じように目を丸くしながら同意するように頷《うなず》く。

日曜日……和人と椛は遊園地にいた。

きっかけは、ほんの些細《ささい》なことだった。学園と屋敷を往復するだけの生活を送っている椛を、気分転換にどこかへ連れていってやろうと思ったのだ。

だが、出掛けると言っても、和人もそんなに遊び場所を知っているわけではなかった。

映画なら屋敷のホールで観《み》た方が快適だし、買い物も出入り商人が頻繁に屋敷にやってくるのだから、わざわざ店に出向くのは馬鹿《ばか》らしい。どこか適当な場所はないかと考えた時、ふと思いついたのが遊園地だったのである。

「椛、どこの遊園地がいい？」

そう尋ねても、椛は分からない……と、小さく首を振った。どうやら遊園地という場所へいったことがないようなのだ。

その話を聞いて、和人はなんだか笑いが込み上げてきた。思い返してみれば、和人自身も遊園地にいったことがない。そんなありきたりな子供時代を過ごしてはいないのだ。

……現在の立場こそ違うが、俺《おれ》と椛は本当によく似ている。

ほんの少し前までは、自分が椛と似ている、とわずかに考えるだけで嫌悪感を感じたものだ。しかし一度認めてしまえば、かえって今までとは違う興味を椛に抱くようになった。

だからこそ、和人は是が非でも椛を遊園地に連れていきたくなったのだ。

結局は御門グループが出資する近くの遊園地に来たのだが、和人たちは初めての場所というこどもあって途方に暮れていたのである。

「それにしても……」

と、和人は人混みを避けるようにして歩きながら、チラリと隣の椛を見た。

「椛がそんな服を持っているとは知らなかったな」

制服か屋敷で着ている和服調の服しか見たことのない和人は、全身にフリルやリボンのついた椛の外出着姿がなんだか新鮮に見えた。

「あ……これは……静流さんが……」

「静流の服なのか？」

「いいえ……私のためにって……静流さんが作ってくれてたそうです」

「ふ～ん、静流の手作りか」

少し子供っぽいデザインだが、童顔の椛には割と似合っている。

「静流さんが……デートだからって……無理やりに……」

「……デート？」

「あっ……」

椛は、自分の言葉にハッとしたように口元を押さえた。

そんな意図はまったくなかったが、なるほど……言われてみればこれはデートに違いない。それも互いに生まれて初めてのデートだ。

改めてそう意識すると、なんだか気恥ずかしい気がした。椛も同様なのだろう。微《かす》かに頬《ほお》を赤く染めて俯《うつむ》いている。

「と、とりあえず、遊園地に来たんだ。なにかアトラクションに入ろう」

和人が雰囲気を変えるように提案すると、椛は小さく頷いた。

入り口でもらった案内書をたよりに、和人は椛を連れて順にアトラクションをまわっていった。だが、ジェットコースターはジェットという割には自家用機よりも遅いし、お化け屋敷などはてんで子供だましだ。あるいはこういう場所ではそれなりの楽しみ方があるのかも知れないが、和人はなにが面白いのかさっぱり理解できなかった。

椛も似たようなもので、特に気を惹《ひ》くものはないようだ。

だが、最後に……と観覧車に乗ると、初めて興味深そうな表情を浮かべ、上昇していくゴンドラの窓から眼下に広がる風景を眺めた。

「景色が……綺麗《きれい》ですね……」

「そうだな。観覧車は気に入ったか?」

椛はこくりと頷いた。

本来なら、幼い頃《ころ》に親に連れて来てもらうはずの遊園地だ。それがこんな形で訪れることになったのは、椛にとってやはり不幸なのだろうか。

「……椛、なにか夢はあるか？」

「夢……？」

窓から街を見下ろしていた椛は、和人の唐突な質問に首を捻《ひね》った。

「そうだ。将来なにになりたいとか、どんなことをしたいとか……」

椛は物憂げな表情を浮かべ、ふるふると首を振った。

なにもないはずはない。だが金で買われてきた身としては、将来に夢を馳《は》せても仕方がないということだろう。椛はすべてを諦めているのだ。夢を持つことも、夢を実現するために努力することさえ……。

「だったら、昔はどうだ？」

「えっ……？」

「まだ椛が幼くて、そう……本当の両親が生きていた頃だ」

「それは……」

椛は遠い過去の記憶を探るような目をすると、やがてなにかを思い出したように口元をほころばせた。どうやら昔は夢を持っていたらしい。

「それでなにになりたかったんだ？」

「……………………」

「どうした、言ってみろ」

「あの……お嫁さん……です……」

椛は、そう言って恥ずかしそうに俯いた。

女の子らしくはあるが、はっきり言えばありきたりな夢だ。だが、そんな平凡な夢すら現在の椛は持つことができないのである。

「あの……和人さんの……夢は……？」

和人が感想を口にする前に、椛は誤魔化すように逆に問い返してきた。

「俺の夢……？　そんなもの、あるわけないだろう」

「え……どうして……ですか……？」

「俺は、欲しいものはなんでも手に入る。そして、ゆくゆくは御門グループの頂点に立つことが決まっているんだ」

日本にとどまらず、御門財閥は世界の経済を動かす。順調にいけば一国の元首でさえ、いつかは和人の前に跪《ひざまず》く日がくるのだ。

「この現実以上の夢など、あると思うのか？」

そう断言する和人を、椛は悲しげな瞳《ひとみ》で見つめた。

「和人さん……かわいそう……」

「……な、なにを言っている。夢を見るのは持たざる者だけだ」

和人は無意識のうちに、幼い頃に父親から聞かされた言葉を口にしていた。夢など必要ない。すべて自分のものになるのだから……と。

だが、果たしてそれは事実だろうか？

どれだけの金と権力を持っていても、手に入らないものは存在するのではないだろうか。現に和人には、どうしても手に入れられないものがあるのだ。

「……和人さん……？」

急に黙り込んでしまったことを不審に思ったのか、椛が和人の顔を覗《のぞ》き込んできた。

和人は無言のまま、その椛を見つめ返す。

この無力でなにも持たない少女の心を、和人は未《いま》だに手に入れることができないのだ。


夕方に遊園地から戻ると、椛は少し疲れたと言って自室に籠《こ》もった。

滅多に人混みの中へ出掛けることがないのでしかたないだろう。和人もこれほど自分の脚で歩いたのは久しぶりだ。

慣れない場所へ出向いたせいもあって、軽い疲労感もある。夕食まではしばらく時間があるので、和人も少し横になろうと自分の部屋へ向かった。

「……ん？」

廊下を歩いていると、静流がフラフラと父親の部屋から出てくるのが見えた。どうやら父親がめずらしく屋敷にいるらしい。いつも仕事で飛びまわっているので、和人はいつ屋敷に戻って来たのかさえ知らなかった。

「うっ……うっ……」

静流はドアを閉めた途端、低く嗚咽《おえつ》を漏らしながら壁にもたれかかった。

……粗相《そそう》でもして、親父《おやじ》にこっぴどく叱《しか》られでもしたのかな？

めずらしく泣き顔を見せている静流を意外に思いながら、和人は声を掛けるべきかどうか迷った。辛《つら》いことがあっても笑顔を絶やすことのない静流は、こんな姿を誰《だれ》かに見られたくないのではないかと思ったのだが……。

「……っ⁉」

静流は泣きながら、着崩れたメイド服を直している。着衣の乱れと女性の涙。連想できることはひとつしかない。おぞましい想像が頭をよぎり、和人を動揺させた。

「……静流」

「あっ……！」

静流は和人が近付いて来たことを知ると、バネ仕掛けのように立ち上がった。

「おまえ……まさか……」

「な、なんでもありませんっ」

静流は涙を拭いて、無理やりに笑顔を作ろうとした。だが、それはかえって悲痛な印象を与えると同時に、和人に確信を抱かせる結果となった。

「……来い」

「え……あ、あの……」

和人は静流の腕を取ると、引きずるように自分の部屋へ連れて来た。

ベッドに座るように命じると、無言のまま従う。すでに和人がすべてを察してしまったことに気付いているのだろう。もう、静流は無駄な笑顔を浮かべようとはせず、普段からは想像もできないような暗い表情を浮かべて俯いている。

「今まで気付かなかったよ。まさか、親父と……」

男と女の関係にあるなんて……という続きの言葉を、和人は口にできなかった。いや、したくなかったのかもしれない。

考えてみれば、夜伽《よとぎ》のためにメイドを入れ替えるような父親なのだ。静流ほどの美人を放っておくはずがなかった。

「……いつからだ？」

「私が……十六歳の時からです」

静流は俯いたまま、消え入りそうな声で囁《ささや》いた。

「そんな前から？」

和人は、静流が初体験の相手を明かしたがらなかったことを思い出した。彼女に話せるわけがない。まさか和人の父親が初めての相手だなどとは……。

「……くそっ」

理屈から言えば和人に父親を責める資格などない。和人自身も、椛に対して同じような仕打ちを繰り返しているのだ。それを自覚していながらも、激しい怒りが沸き上がってくる。自分でも意外なほどであった。

もちろん、事実を隠し続けていた静流に対してではない。静流を長年に渡って玩具《おもちゃ》にしていた父親への怒りと反発心が、激しく和人の心を揺さぶっているのである。

だが、それをどこへぶつけていいのかさえ分からなかった。

「もしかして……真理はこのことを知っているのか？」

数日前に、確か静流と真理が口論していたことがあった。その際に、真理は静流と父親の関係を知っているようなことを言っていたはずだ。

和人が問うと、静流はこくりと頷いた。

「真理さんには……ずっと隠しておくつもりでした。旦那《だんな》様にも……そう言われていましたし、最初はその方がいいと思ったんです」

「……………」

「でも……私は真理さんに嘘《うそ》をつき続けることができませんでした」

「自分から話したのか？」

「ええ。それ以来……真理さんは私から離れていってしまいました」

静流は再び頷くと、自嘲《じちょう》気味な笑みを浮かべた。

さして気にも止めていなかったが、確かに真理と静流の関係はある時期を境に変化している。幼い頃はあれほど仲の良かったふたりなのに、いつの間にか真理が静流に対して一定の距離を取り始めたのだ。

……おそらく、真理は気丈に振る舞う静流を見ていられなかったのだろう。

静流が辛い目に遭っていることを知りながら、どうすることもできない自分をさぞかし無力に感じたに違いない。

真理にできたのは、第二の静流を作らないこと……だ。

椛の件で、しつこく翻意を促そうとしていた理由が今なら理解できる。

「……もうひとつだけ訊《き》いておきたい」

「…………………」

「おまえは、親父の相手をしながら俺と……？」

「……旦那様に……そう命じられました」

静流の声がわずかに震えている。

年頃になった和人が変な女に引っ掛からないようにするためなのだろう。屈折した親心と言えないこともないが、それに使われる静流が哀れであった。

「じゃあ、おまえは親父に命令されたから……」

「それは違いますっ」

静流は顔を上げると、涙の浮かんだ瞳を和人に向けた。

「違います……私は……和人さんを……」

それ以上は言ってはいけないかのように、静流は唇を噛《か》んで口を閉ざした。だが、彼女が飲み込んだ言葉の続きは聞かなくても分かっている。

「静流……」

無意識のうちに、和人はベッドの上に座る静流の隣に移動すると、震えている静流の肩に手をまわして抱き寄せた。

「和人……さん……？」

静流の想《おも》いを受け止めるわけにはいかない。だが、ずっと自分のことだけを見つめ続けてくれた静流の心を、せめて癒《いや》すぐらいのことはできるはずだ。

和人には、今の静流にしてやれることはそれぐらいしかなかった。

「あッ……はあぁ……ンくッ」

和人は、ベッドの上に寝かせた静流に身体《からだ》を重ねていった。濃厚なキスを繰り返しながら、髪やうなじから、肩、腕、腰へと全身をなぞるようにして手のひらで愛撫《あいぶ》を繰り返していく。久しぶりに静流の身体に触れたが、やはりずっと相手をしていただけに、しっくりと手に馴染《なじ》むような感じがした。

メイド服の前をはだけてブラジャーをグッと押し上げると、椛とは比較にならないほどの豊満な乳房がブルンと揺れて飛び出してきた。

「あンッ……恥ずかしい」

静流は両手で顔を覆って身をよじらせる。

「今さらなにを言っている。恥ずかしがることなどないだろう」

すでに何度も身体を重ねているのだ。手に余るほどの柔らかな乳房も、小さい乳輪に浮かぶ乳首も、すでにじっくりと鑑賞済みである。

それでも静流はいやいやと首を振った。

「なんだか、以前の和人さんと……違うみたいで……」

「違う？　どう違うんだ？」

「なんだか……こう……優しい感じで……」

静流は少し考えるように、ボソボソと言った。

確かに……和人は少し変わったのかも知れない。以前はただの性処理として静流を抱いていたのだ。機械的な愛撫を繰り返し、相手のことなどお構いなしに自らの欲望だけを叩《たた》き付けるようなやり方であった。

……優しい、か。

自覚しているわけではなかったが、もしそれが変わったというのなら、原因は椛を抱くようになったからだろう。感情を押し殺す椛を、和人はあらゆる手段で感じさせようとした。荒々しいやり方をすることもあったが、内面から溢《あふ》れ出すような快感を与えるには、やはりじっくりと愛撫を繰り返すしかなかったのである。

「……俺はどこも変わっていない」

自分の変化を認めるのが嫌だった。和人は話は打ち切りだと言わんばかりに静流の胸に顔を寄せると、乳首を口に含んだ。

「んんッ……あぁッ……！」

舌先で転がすだけで乳首はどんどん硬くなる。軽く歯を当てて甘噛みすると、静流はギクリと全身を震わせ、自分の胸に顔を埋める和人の頭をギュッと抱きしめた。

「あぁッ……和人……さん……はぁッ……」

ちゅうちゅうと音を立てて乳首を吸い上げながら、和人は片手を静流のスカートへと潜り込ませ、太股《ふともも》をたどるようにして秘所を包む下着に触れる。

「はぅあッ！」

布ごしに指先が触れただけで、静流は切なそうな声を上げた。

「そんなに気持ちいいか……？」

「あ……私……ばっかり……こんな……」

静流は、快感の淵に沈み込んでいく意識を頭を振って引き戻す。そして、無理やり身体を起こすと、逆に和人を押し倒していく。

「静流……？」

「私にも……させてください……」

和人の唾液でベトベトになった自らの乳房を、静流は両手でギュッと寄せた。そのまま身体を近付けてくると、豊満なバストで和人のモノを挟み込んでくる。静流にパイズリをしてもらうのは初めてではなかったが、柔らかな乳房で包まれる感覚に、和人の肉棒はたちまち反応していった。

「あッ……和人さんのが……固く……」

「こんなことされれば、当然だろう」

「ンッ……ンンッ……」

静流は左右の乳房を上下させながら、胸の隙間《すきま》から顔を出す和人の先端部分にチロリと舌を這《は》わせてくる。竿《さお》の部分を柔らかな乳房で、もっとも敏感な亀頭部分を舌で刺激され

ると、単に口でしてもらうよりも快感が増すようだ。

「……静流、余計なことは考えるな」

このままずっと続けて欲しい気分だったが、自分ばかりが気持ち良くなるわけにもいかない。今回は静流を感じさせ、癒してやることが目的なのだ。

静流を再びベッドに寝かせて、和人は下着ごしに優しく愛撫を与えていった。うっすらと形の分かる襞《ひだ》に沿って指を動かしていくと、身を任せきった静流はたちまち大量の愛液を溢れさせる。ショーツがグショグショになり、わずかに指を動かすだけで湿った音が室内に響き渡った。

「くあッ……ふァッ……」

「すごい濡れ方だな」

「そ、それは……和人さんが……」

静流は頬を赤く染めた。

これまではおざなりにしか愛撫したことがなかったので、静流の身体がこんなに感じやすくできていたなどと気付きもしなかった。和人は新たな発見を楽しみながら、すでに用をなさなくなっているショーツを、ゆっくりと下ろして膝《ひざ》から抜いた。

改めてスカートを捲《まく》り上げ、さらされた静流の股間《こかん》に注目する。

すでに三角形のヘアは愛液に濡れて肌に張りつき、その奥にある陰裂は和人が触れてくるのを心待ちにしているかのようだ。

弾力のあるそこに手のひらで触れると、割れ目にそっと指を潜り込ませた。

「あッ……ウッ……」

「もう、我慢できないか？」

「そ、そんな……こと……」

静流は恥ずかしげに小さく首を振りながら、あまり声を上げまいと唇を噛む。

そんなささやかな抵抗をされると、余計に喘ぎ声を聞きたくなってしまうものだ。和人は指先を移動させてクリトリスを探し出すと、指で転がすように刺激を加えた。さすがに耐えきれなくなったのか、指を動かすたびに静流は、あっ、あっと声を漏らし始めた。

「我慢しなくていいんだぞ、静流」

「はッ……ンくぅッ……いいッ……」

静流は、自ら脚を開いて和人を誘うように身悶《みもだ》え始めた。

「も、もう……私……ふあッ……」

ヒクヒクと身体を震わせ、静流はうっとりとした声を上げる。

その声を聞いていると、和人も、そろそろ入れたくなってきた。着ていた服を片手だけで器用に脱ぎ捨てると、すでに限界まで高まっているモノを静流に押し当てる。

「そろそろいくぞ、静流」

和人は、静流が小さく頷くのを確認すると、ゆっくりと身を進ませていった。十分に濡れていただけあって、肉棒は驚くほどスムーズに膣内《ちつない》へと侵入していく。

「はあぁぁ……あッ……」

完全に繋《つな》がってしまうと、静流は大きく息を吐いて目を閉じた。溢れていた涙がこぼれて頬を伝う。その涙が通ったあとを舌でなぞりながら、和人は腰を動かしていった。

「ああッ……ひッ……くうぅッ……」

「どうだ、静流?」

「……いいです……と、とても……ああッ」

静流はうっとりとした表情を浮かべて、うわ言《ごと》のように何度も気持ちいい、気持ちいい、と繰り返した。同時に、あれほど簡単に肉棒を受け入れた膣内は、和人が少し動いただけで途端に締めつけ、絡みつくような収縮を始めている。椛や綾音とは違って、男のすべてを吸い尽くそうとするような卑猥《ひわい》な動きだ。

「よし、来い……静流」

「あッ……」

和人は静流の背中に両手をまわして抱え上げると、自分が下になる形になった。今度は静流の好きなようにさせてやろうと思ったのだ。その意図が察せられたのか、静流はすぐに腰を使い始めた。

「んクッ……んあッ……ンッ……」

脚を大きく開いて、繋ぎ目が丸見えのいやらしい格好だ。もちろん羞恥心《しゅうちしん》を感じてはいるのだろうが、今の静流はそれを上まわる快感に支配されていた。ふぁふぁと声を上げながら、激しく腰を振る。まるで下半身だけが別の意志で動いているかのようだ。

「ああ……わ、私……もう……」

静流はガクガクと身体を揺らすと、不意に動きが鈍くなった。達してしまったのかと思ったが、どうやらあまりに感じすぎてしまったために、自分から動くことができなくなったようだ。仕方がない。和人は静流の腰を掴《つか》むと、下から突き上げてやった。

「くッ……あッ……ふあッ……」

和人が腰を打ちつけるたびに、静流の胸がたぷたぷと揺れる。

「ああッ……も、もう……私……イキそう……です」

「いいぞ。イッてみろ、静流」

「でも……和人さんが……」

自分だけイクのは悪いと思ったのか、静流は躊躇《ちゅうちょ》するように和人を見つめてきた。

「大丈夫だ。俺も一緒にイクから」

和人はそう言いながら、腰の突き上げをより激しくした。静流を安心させるためだけではなく、本当にそろそろイキそうなのだ。

「ンッ、んッ、んッ、あッ……」

静流は和人に揺さぶられながら、きつく目を閉じて眉根《まゆね》を寄せた。苦しそうに顔を歪《ゆが》めているように見えるが、それは全身を包む快楽に恍惚《こうこつ》となった表情なのだろう。

「あうッ……も、もう……ダメ……和人さん、今日は大丈夫ですから、中にください……」

「くっ……」

静流を上に乗せている以上、膣外で射精するのは難しい。和人は静流の言葉に従って、彼女の胎内でそのまますべてを放出した。

「あはぁ！」

静流はかすれた声を上げながら和人を受け止めた。内部は何度も収縮を繰り返して精子を絞りだそうと絡みついてきたが、静流はガックリと力尽きたように全身の力を抜いて、そのまま和人の胸へと倒れ込んできた。


セックスが終わると、静流はそそくさと身繕いを始めた。

激しく乱れた後の女性が通常に戻っていく様は、脱がせていく過程とは逆の色っぽさを感じさせる。和人がそんな姿をぼんやりと見つめていると、視線に気付いた静流が恥ずかしそうな表情を浮かべた。

「なにを見てるんですか、和人さん」

「……静流を見ていたんだ」

「ふふふっ……」

和人が正直に答えると、静流はくすぐったそうな笑みを浮かべる。

「よく見ておいてくださいね。これが最後ですから……」

「え……？」

最後という意味を計りかねて、和人はベッドから身体を起こした。

「もう……和人さんのお相手はしません。これで最後にしましょう」

「静流……」

「私はいつまでも和人さんのことを見守るつもりです。けど、ずっと一緒に歩いていくことはできませんから……」

そう言って、静流は寂しそうな表情を浮かべる。

これからも姉のような存在として側《そば》にいるのならともかく、御門家を継ぐ和人を相手に、ひとりの女として添い遂げることなどできないのだ。

「だから……椛ちゃんを大事にしてあげてください」

返す言葉を見つけられずに沈黙する和人の顔を覗き込むと、静流はそう言って笑みを浮かべた。静流だけの……どんな辛いことでもはね除けるだけの力を持った笑顔だ。

「静流……俺は……」

「大丈夫です。和人さんは、旦那様とは違います」

静流は和人に近寄ると、そっと自分の胸に押しつけるようにして頭を抱いた。

心地よく……どこか懐かしいような匂《にお》いが和人の鼻をくすぐる。幼い頃から、ずっと和人を包み込んでいた静流の香りだ。

和人はそっと手をまわして、静流の身体を抱きしめた。

その時……。

キィッとドアの開く音がした。

「……あっ」

和人と静流が同時に入り口の方に顔を向けると、わずかに開いたドアの隙間から、青ざめた表情を浮かべる椛の姿が見えた。部屋に入った時は気が急《せ》いていて、迂闊《うかつ》にもドアをちゃんと閉めたかどうか確認もしていなかったのだ。

「も、椛ちゃん……これは……」

静流は慌てて和人から身体を離した。なんとかこの場を取り繕おうと口を開き掛けるが、うまく言葉が出てこないかのようだ。

「……っ！」

椛はよろよろと数歩ほど後退《あとずさ》ると、そのまま踵《きびす》を返して廊下を駆け出していった。

「和人さんっ……ああ……どうしよう」

静流は咄嗟《とっさ》の判断に窮して、おろおろと和人と椛の消えたドアを交互に見た。

「放っておけ」

「でも、椛ちゃんが誤解してしまうんじゃ……」

「だとしても、あいつに言い訳などする必要はないだろう」

和人にとって、椛は恋人でもなんでもないのだ。こんなことは改めて言うまでもなく、椛も最初から承知していたはずのことだ。

すべてを諦めて、和人の人形になる時に……。

「和人さん……」

不意に、静流が真剣味を帯びた声で言った。

「私は和人さんを信じています。和人さんが、椛ちゃんを不幸にするはずないって……」

「…………………」

和人はなにも答えなかったが、静流はフッと表情を和らげて部屋を出て行った。

まるで返事を聞かなくても、すべて分かっているかのように……。


その夜。

毎晩九時に部屋にくるはずの梳が、今回に限って三十分過ぎても姿を現《あらわ》さなかった。

特別に用事があるわけではなかったが、ちゃんと命じた通りにやってこないというのは気分が悪い。自分から梳の部屋へ出向いた方が早いような気もするが、そこまでする理由もないし、それはそれで面白くなかった。

いい加減に焦《じ》れた和人が、インターフォンで呼び出してやろうかと考えた時、遠慮がちにドアがノックされた。この控えめな音は梳に違いない。

「入れ」

和人は不機嫌を露わにした声で、相手を誰何《すいか》するまでもなく言った。

「あの……失礼します……」

そっとドアが開き、梳が和人と目を合わさないようにしながら部屋の中へ入ってくる。

「お……遅くなりました……」

ジッと自分を睨《にら》みつける和人に、梳はおずおずと頭を下げた。

「どうして遅れた？」

「……あの……すみません……」

「俺は、どうして遅くなったのか聞いたんだ」

「………………」

「言えないようなことなのか？」

「あの……少し……考え事をしていて……」

和人が語気を強めると、椛はわずかに顔を上げて恐れ入るように囁いた。

「気が付いたら……時間を過ぎてしまって……」

「……なにを考えていた？」

「それは……」

和人が問うと、椛は複雑そうな表情を浮かべて俯いてしまった。

その様子からして、改めて問いただすまでもない。たぶん、和人と静流の関係について思いを巡らせていたのだろう。夕方、静流と抱き合う和人の姿を見た椛の表情は、思わぬ場面に遭遇してしまった……と、いう驚きだけとは思えなかった。

「俺と静流のことか……？」

「……っ⁉」

単刀直入に問うと、椛はハッとしたように顔を上げた。

「それほどショックだったのか？」

「いえ……あの……私は……」

「俺が誰となにをしようと、おまえには関係がないだろう」

和人が突き放すように言うと、椛は言葉を失って悲しげに顔を伏せた。

「だが……まあ、教えておいてやる。静流とはなんでもない。あいつはただのメイドだ。

今までも、そしてこれからもな」

「…………………」

和人の言葉に、椛はどう返事をして良いのか分からないかのようだ。困惑した表情を浮かべたまま、チラリと和人の真意を探るように視線を向けてくる。

「なんだ……信じていないのか？」

「い、いえ……そんなことは……」

椛はふるふると首を振った。

「突っ立ってないで、座れ」

「は、はい……」

和人に促されて、椛はいつものようにベッドに腰を降ろした。

普段なら、このまま椛を抱きすくめるところだが、今日の和人はとてもそんな気分にはなれなかった。静流の話を聞いてしまったためだろうか。自分が父親と同じ行為をしていることに、初めて戸惑いと嫌悪感を感じたのである。

それは今までの価値観をすべて否定することでもあった。

人が雑草を踏みつけても平気なように、椛の意志を無視することなど和人にとっては取るに足らないことであったはずなのに……。

「あ、あの……」

なにも言わずにぼんやりとしている和人を不審に思ったのか、椛は躊躇《ためら》いながら問い掛けるような表情を浮かべた。

「椛は……誰か、好きな男はいるか?」

「えっ……!?」

逆に問い返されて、椛は目を丸くした。

「あの……それはどういう……」

「どうなんだ?」

「……い……いません……」

椛はチラリと和人を見たが、視線が合うと慌てて顔を背《そむ》け、絞り出すような声で言った。

「そうか……すると初恋もまだなのか?」

椛は恥ずかしげにこくんと頷いた。

……俺は、初恋も知らない女の純潔を奪ってしまったのか。

和人は今までにない罪悪感を感じたが、椛を抱いたことを後悔するつもりはなかった。あの時は、他に椛との絆《きずな》を作る方法がなかったのだ。あの一歩を踏み出さなければ、今のような関係もなかったのだから。

「あの……和人さんは……」

和人が無言でいると、椛はおずおずと口を開いた。

「……その……」

「なんだ？　なにが言いたいんだ？」

「誰か……好きな人が……いますか？」

「いない」

　椛の質問に、和人は間髪を入れずに言い放った。あまりにも明快な答えに、椛は返す言葉を無くして呆然と和人を見つめている。

「……これからもないだろう。そんな必要はないからな」

　どうせ将来は、父親の決めた相手と政略結婚させられるに違いない。和人にとって、女とは性処理の道具かパーティの飾りでしかないのだ。少なくとも和人はそう思っていたし、そう思い込もうとしていた。それが御門家のひとり息子として生まれた自分に、唯一課せられた人生の条件なのだ……と。

　静流もまた、和人がそんな境遇にあることを知っているからこそ、あえて自分の想いを押しつけてこようとはしなかったのである。

　……もしかして。

　椛をこの屋敷に引き取ったのはそれに反発したかったからだろうか？

　和人は、ふとそんなことを思った。

　強引な方法で椛を得ようとしたのは、将来を自分で決めることのできない代償行為だったのではないか。そして、その相手に椛を選んだのは……。

「俺とおまえは、意外と似ているかもしれないな」

「え……？」

「しかし、おまえはいつか誰かを好きになるかもしれない。でも、俺は……」

「そんなこと……ありません……」

椛は否定するように大きく首を振った。すべてを諦めた自分が、誰かを好きになるはずないということだろうか。それとも……。

和人がその言葉の意味を考えながらジッと椛を見つめると、彼女も黙ったまま見つめ返してくる。つい最近までは、話をしてもこうして和人の顔を見るようなことはしなかったはずだ。俯いたまま、機械的に問われたことを口にするだけであった。

和人の顔を見つめる椛の顔は、相変わらず無表情に見える。しかし、以前はただ暗いだけだった瞳の中に、微《かす》かな光が見えるようになったのと思うのは気のせいだろうか？

座っていたイスから立ち上がると、和人はゆっくりと椛に近付いた。

「……っ!?」

その顔にそっと手を伸ばした途端、椛はビクッと首をすくめる。

「俺が、恐いか？」

「あっ……い、いいえ……」

椛はハッとしたように顔を上げて、髪が乱れるほど力強く首を振った。それが本心なのか、それとも主人の機嫌を損ねまいとする配慮なのか、和人には判断できなかった。

「……ごめんなさい……和人さん……」

そっと頬に手で触れると、椛は瞳を潤ませた。

「いいんだ……椛……」

今まで椛にしてきた行為を思えば、過敏な反応を示すのも無理はない。和人は改めて、自分がどれだけ椛を傷つけてきたのかを思い知らされたような気がした。

「和人さん……」

頬を撫《な》でてやると、椛も和人の手に頬をすり寄せてきた。

さらりと椛の髪が揺れて、心地よい香りが漂ってくる。ただのシャンプーとリンスの香りのはずだが、なぜかひどく懐かしい感じがした。

和人はその香りに引き寄せられるようにして、椛を抱きしめる。

「あっ……か、和人さん……」

「いい匂いだ。それに、とても温かい」

……今日の俺はどうかしているのだ。

そう思いながらも、和人は内面から溢れ出してくる椛を愛《いと》おしいと思う気持ちを抑えることができなかった。ずっと正しいと思い込んでいたなにかが崩れた時、和人に残っているのは椛と共有した時間だけであった。

「……………………」

椛は和人に抱きしめられたまま、嫌がることもなくただジッとしている。

その柔らかな身体と体温に触れていると、知らないうちに傷付いていた心が、少しずつ癒されていくようであった。

第六章　和人の心は……

椛が現れたのは、放課後を知らせるチャイムが鳴ってからかなり経《た》ってからであった。

「お、お待たせ……しました……」

校門の前で待っていた和人に駈《か》け寄ってくると、椛は息を切らせて胸に手を当てた。ずっと走り通しで来たのだろう。大きく肩で息をしている。

「椛、あまり無理をするな」

「え……？」

「ただでさえ身体《からだ》が弱いんだ。無理して倒れでもしたらどうする」

「で、でも……」

「待つぐらいはなんでもないと言っただろう」

和人が不愛想に言うと、心なしか椛が微笑《ほほえ》んだように見えた。その笑みに、和人はドキリと胸が高鳴るのを感じる。それはこれまで経験したことのない感情だった。

……どうも、面白くないな。

遊園地にいった日以来、和人は得体の知れない感情に振りまわされていた。

椛の表情や態度に一喜一憂している自分を情けなく思うのだが、以前のように冷然とした態度で接することができないのだ。無論、和人自身は椛に対する接し方を変えたつもりはないし、彼女も相変わらず無口で無表情だ。

だが、互いに口にこそしなかったが、今までとは違うなにかを相手に感じ始めていた。

「……帰るぞ」

和人が校門から出ようとするのを見て、椛は戸惑ったような表情を浮かべた。

「……あの……車は？」

「先に帰した。たまには、歩いて帰るのもいいだろう」

別に深い考えがあったわけではない。今日は真理も静流も同乗してこなかったので、なんとなく歩いてみようと思っただけのことだ。

「……はい」

椛は不思議そうな顔をしたが、別に不満でもなさそうだ。御門家に引き取られるまでは、ずっと徒歩で通学していたのだから、かえって気楽なのかも知れない。早足で歩き始めた和人に従うように、椛は数歩あとからついて来た。

「椛の誕生日は……いつなんだ？」

しばらくは無言で歩いていたが、ずっと沈黙していることに気まずさを感じた和人は、話題のひとつとして、椛の調査をさせた時に分かっていることをあえて訊《き》いてみた。

「……六月……一日です……」

「一日というと……明日か？」

誕生日は知っていたが、それが明日だということは失念していた。

和人が思わず口にしてしまった言葉に、椛はこくんと頷《うなず》いたが、その顔は誕生日を迎えるということに関してどのような思いも抱いていないようであった。

「おまえも一応は社長令嬢なんだから、誕生日にはパーティぐらいしていたんだろう？」

「…………………」

椛はふるふると首を振る。養い親は椛を疎《うと》んじていたから、どうやらその手のイベントなどは無視されていたらしい。

「……本当の両親が生きていた時もか？」

「……っ！」

和人が振り返りながら問うと、わずかに椛の唇が震えた。

どうやら両親のことを思い出させてしまったようだ。楽しいはずの思い出は、今となっては悲しい記憶となって椛を苦しませているのだろう。

「さすがに、実の親は祝ってくれていたらしいな」

「…………………」

椛は、瞳《ひとみ》を悲しそうに揺らして俯《うつむ》いた。

その姿を見ていると、和人はなんだか胸が締めつけられるような気がしたが、一度は振った話題を急に変えることもできない。

「当然だな。自分たちの血を分けた娘が生まれた日なんだから」

そう言いながら、和人は、ふと自分自身の過去を振り返った。

……当然、か。

その当然のことを、和人はしてもらったことがない。父親は自分の息子を一度として顧みようとはせず、金銭を与える以外は親らしいことはしない人物だ。

真理や静流もその意志はあっても、具体的にパーティを開くようなことには躊躇《ためら》いを感じているようだった。何故《なぜ》なら、和人にとって、誕生日とは母親を亡くした日でもあるのだ。自分を産むことと引き替えにこの世を去った母親のことを思えば、和人も自らの誕生日を祝って欲しいなどとは思いもしなかった。

「なあ、椛……」

和人はよどんだ思考を元に戻すために、椛に声を掛けた。

「椛、誕生日のプレゼントはなにがいい？」

「……………………」

椛はゆっくりと首を振った。なにもいらないという意味らしい。

「べつに物じゃなくてもいいんだぞ？」

「私は……別に……なにも……」

椛は相変わらず、すべてを諦めてしまっているようだ。将来になんの希望も持たず、人に決められた人生を歩み続ける。

……だが、それは俺《おれ》とどう違うのだ？

御門財閥の後継者の地位は、和人が自ら望んだものではない。いくら金や権力を手にすることができるといっても、所詮《しょせん》は父親から押しつけられる将来だ。そう思うと、今までそのことに欠片《かけら》ほどの疑問を持たなかった自分が不思議でならなかった。

そんな時……。

和人は、ふとファーストフードの看板を目にして脚を止めた。

当然ながらその存在は知っていたが、ずっと縁のない店だ。食事はすべて用意されていたし、一緒に寄り道するような友達もいなかったからである。

「和人……さん……？」

急に立ち止まった和人を、椛が首を傾げて見つめた。

「あの手の店には、どんな商品があるんだ？　……お前なら利用したことがあるだろう？」

和人が店の入り口を指さしながら訊くと、椛はふるふると首を振った。考えてみれば、友達と寄り道することがないのは椛も同じだ。

「……どこか歪《ゆが》んでいるのかな、俺たちは」

和人は苦笑しながら言った。

店内には同年代の学生たちが、友達と談笑しながらハンバーガーにかじりついている姿が見える。彼らが当たり前のように送っている日常生活は、和人たちにとっては異世界の出来事に等しいのだ。

「何事も経験だな……食べていこう」

「え……？」

「あんな店に入るのは嫌か？」

「あ……いえ、そんなことは……」

「だったら、いくぞ」

和人は椛の手を引いて店へと向かった。

自分の足で歩き、ほんの少し寄り道するだけで、和人は自分の……椛の未来に、無限の可能性が広がっていることを初めて知ったような気がした。


「心配したじゃないですかっ、もう～っ！」

屋敷に戻った途端、めずらしく静流が血相を変えて和人に詰め寄った。その背後には、やはりなにかを言いたそうな真理の姿もある。

「心配って……なんの話だ？」

「車だけを帰して、歩いて帰宅なさったことですっ」

「……なんだ、そのことか」

和人は思わず溜《た》め息《いき》をついた。

何事かと思ったら、いつも通りに車で帰宅しなかったをこと責めているらしい。

「俺たちは子供じゃないんだぞ、たまに歩いて帰るぐらいは……」

「それにしては時間が掛かりすぎています」

真理が和人の言葉を遮るように言い放った。静流のように感情を露わにしないが、真理も同意見らしい。いつになく険しい表情を浮かべている。

「そうですよっ、学園からなら歩いても三十分程度のはずです」

「ああ……そうか。ちょっと寄り道をしてきたからな」

「寄り道？」

真理と静流は同時に言って、怪訝《けげん》そうに眉根《まゆね》を寄せた。

考えてみれば、和人が学園から真っ直《す》ぐ帰宅しなかったことなど初めてなのだ。寄り道と言われても、真理たちが不思議そうに問い返してくるのも無理はないだろう。

「そう、寄り道……だ」

和人はそう言って、隣にいる椛をチラリと見た。その和人の視線を追って、真理たちも同じように椛に顔を向ける。

「あ……あの……ごめんなさい……」

注目された椛は、遅くなった原因がまるで自分にあるかのようにペコリと頭を下げた。

「寄り道って……一体どこに？」

「ファーストフードの店だ」

和人が真理の質問に答えて言うと、

「ファーストフード⁉」

と、静流は素《す》っ頓狂《とんきょう》な声を上げた。

よほど似合わない感じがしたのだろう。目を丸くしながら、和人と椛を交互に見つめている。真理も似たようなもので、咄嗟《とっさ》に次の言葉が出てこないかのようだ。

「……そんなに意外か？」

「だ、だって……和人さんは、ああいう店を嫌っていたじゃないですか」

「まあな……」

静流の言葉に、和人は否定することもなく頷いた。

食事というにはあまりにも粗末なような気がしていたし、現に初めて食べたハンバーガーも、とても美味《うま》いと言えるようなものではなかった。幼い頃《ころ》から、一流と呼ばれるシェフの料理ばかり食べてきたのだから口に合うはずがない。

それでも、新鮮な体験ではあった。

「何事も経験だ。そうだな？」

「…………………」

和人に問われて、椛はコクリと頷いた。椛も和人と似たようなものである。しどろもどろになりながらハンバーガーを注文し、騒がしい店内で、安っぽいイスに座ってなにかを食べるなど初めてのことなのだ。

「へぇ……和人さんがねぇ」

静流は天井を仰ぎながら、意外そうな、どこか呆《あき》れたような口調で呟《つぶや》いた。

「なんにしても」

と、真理が戒めるような口調で言う。

「帰宅が遅くなる時はご連絡ください」

「分かったよ」

これ以上ここにいると、真理の説教が続きそうだ。和人は軽く頷き返しながら、椛を伴ってその場から逃げ出すように廊下を進んだ。

「あ、和人さん、お食事は……？」

「今はいらない。食べてきたからな」

和人がそう言いながら目配せすると、椛はわずかに笑みを浮かべて頷いた。

自室のある三階に上がった和人は、ふと窓の外が妙に暗いことに気付いた。

窓辺によって空を見上げると、さっきまでは晴れていた空がいつの間にか雲に覆われている。それも黒々とした雨雲だ。

「ひと雨きそうだな……」

「…………………」

和人の言葉に、椛もつられたように窓辺に近寄って来た。

その瞬間。

視界を白く染めるほどの雷が光った。

「きゃっ！」

椛は驚いて目を閉じる。一瞬の静寂の後、凄《すさ》まじい轟音《ごうおん》が響いた。

「きゃあああっ！」

雷の音に負けないほどの悲鳴を上げると、椛は耳を押さえてその場にへたり込んでしまった。和人は、雷よりも椛のその様子に驚いてしまう。

「椛……？」

声を掛けようとした時、再び続けざまに稲光りが生じ、雷鳴が轟《とどろ》く。

「きゃあ、きゃあっ！　いやあぁぁ〜っ！」

「……雷が苦手なのか？」

髪を振り乱しながら恐《こわ》がる椛の横にしゃがみ込むと、和人はそっと彼女の顔を覗《のぞ》き込む。

なんだか意外であった。誰《だれ》だって恐いものはあるだろうが、椛がこれほど取り乱すのもめずらしい。

「だって……だって……いやっ……！」

「椛……」

肩に手をまわしてそっと抱き寄せると、椛は耳を塞《ふさ》いだまま片目を開けて和人を見た。

「……これほど雷が苦手とは知らなかったな」

「ごめんなさい……でも……恐くて……」

手で耳を塞いでいても、和人の声は聞こえているらしい。

「私……小さい頃からカミナリが苦手で……」

「どうして？」

「分からないんです……でも、嫌いで……恐いの……いや……」

雷に対する恐怖のせいか、椛はいつもより少しだけ早口だ。

その時、また雷の光と轟音が屋敷を震わせた。

「いやぁんっ！」

椛は、思わずという感じで和人にしがみついてきた。

すべてを諦め、自分の意志も……感情すらも見せようとしない。そんな少女が和人の腕の中で、助けを求めるかのように小さな身体を震わせている。

その無防備な姿を見つめているうちに、和人は自分の本心に気付かざるを得なかった。

……俺は椛を守ってやりたいんだ。

和人は椛の身体をギュッと抱きしめた。

「大丈夫だ……椛。俺がついている」

「和人さん……？」

椛は涙を浮かべた瞳で和人を見上げた。その涙を指で拭《ぬぐ》ってやりながら、和人は自分がずっとなにを求めていたのかを知ったような気がしていた。


「和人……さん……」

ベッドの上で背中を丸めていた椛は、和人がそっと身体を重ねていくと、甘く切なそうな声を上げて瞳を潤ませた。

「椛、今日はゆっくりやろう」

「……はい」

椛は頬《ほお》を赤く染めて小さく頷いた。すでに必要以上に辱《はずかし》められることはないと、感じ取っているのかも知れない。和人が一枚ずつ服を脱がし、最後にショーツを取り去っても、恥ずかしげな表情は浮かべるものの、以前のように嫌がる素振りは見せなかった。

和人はそんな椛に顔を寄せると、頬に優しく口づけた。

「あ……」

「おまえの頬は柔らかいな」

「…………………」

恥ずかしげに俯く椛の頭を両手で挟むと、頬や額に何度も唇で触れた。まるで雨のように降り注ぐキスに、椛はうっとりとした表情を浮かべる。

その表情は和人を急激に高めていった。

なにも苦痛や恥辱に歪む顔ばかりが男を興奮させるわけではない。それは確かにある種の征服欲を満足させる。だが、共に感じ合い、触れ合う悦《よろこ》びは、それ以上に心を満たしてくれるのである。

和人は片手で椛の乳房に触れると、そっと下からすくい上げるように揉《も》んだ。すでに乳首はピンと勃《た》って、まるで和人が触れてくるのを待ちかまえているかのようだ。

「あッ……ンッ……」

乳房を揉む手に少し力を込めると、椛はピクリと肩をすくめる。

和人は、小振りだが触り心地のよい乳房の感触をじっくりと楽しみ、乳首を口に含んで小さく硬い塊のようになった熱い乳首を舌で転がした。この数週間で何度もセックスを経験したせいか、以前に比べて椛の胸は若干大きくなっているような気がする。あまりボリュームのある身体は椛に似合わないような気もしたが、ずっと子供のような体型でも困りものだ。

　そんなことを考えながら、和人は両手で両の乳房を揉み上げ、左右の乳首を交互に吸っては甘噛《あまが》みした。和人の手と舌が這《は》いまわるたびに、椛は身体を震わせて熱い吐息を漏らす。

「椛……背中を向けてみろ」

「……え……背中……？」

　椛がその意味を理解する間もなく、和人はベッドの上でゴロリと彼女の身体をひっくりかえして俯せにした。やはりなにをされるのか分からないと不安なのだろう。椛は戸惑ったように和人を振り返った。

「和人……さん……なにを……あっ！」

　背後から股間《こかん》に手を伸ばしていくと、椛はビクッと身体を震わせた。すでに乳房への刺激だけで十分に濡れたそこは、透明な愛液にまみれてひっそりと口を開けている。割れ目を何度もなぞるように愛撫《あいぶ》を繰り返しながら、和人は椛の白い背中に唇を這わせた。

「あウッ……んんッ……あンッ……」

　椛の喘ぎ声は相変わらず控えめだ。最初は無理やり身体を奪われることに対する抵抗の意味かと思ったのだが、声を出してしまうこと自体が恥ずかしいという意識もあるらしい。それが分かると、なんとかして鳴かせてみたいと思うのは男の性《さが》だろうか。

和人は愛液がたっぷりとついた指を、割れ目のさらに下へと移動させた。

「ひッ……⁉」

指がアヌスに触れた瞬間、椛は腰全体を跳ね上げた。

「か、和人……さん……⁉」

「今日は、特別にこちらもいじってやろうと思ってな」

「えっ……な、なんで……そんなとこを……」

椛は未知の体験に怯えた表情を浮かべた。

ほとんど性知識のない椛のことだ。まさか、そんなところを触られるとは思ってもみなかったのだろう。和人にしても特別にアナルに興味があるわけではなかったが、自分が椛に惹《ひ》かれていると自覚した以上は、彼女のすべてを知りたくなったのだ。

「慣れると、こちらでも気持ちよくなるさ」

和人は愛液を指ですくってアヌスに塗りつけると、そっと中指を差し込んでみた。途端にキュッと窄《すぼ》まり指を締めつけてくる。

「ひあッ⁉　はうッ……」

「あまり力を入れるな」

指をゆっくりと潜り込ませていくと、椛は押し出されるように息を吐く。

「すごいな。ずいぶん奥まで入ったぞ」

「ああ……ぬ、抜いて……ください。……お願い……和人さん……」

梲は尻《しり》を震わせながら、瞳に涙を浮かべて哀願するように言った。快感を得るかどうかという以前に、嫌悪感の方が先に立つのだろう。和人にしても、なにも梲を泣かせてまでやりたいわけではない。

「……よし、抜いてやろう」

和人は、粘膜を傷つけないように入れた時の倍以上の時間を掛けて、ゆっくりと指を引き抜いていった。

「あ、ああッ！　そんな……なんで……なんで……あぁッ……」

アナルは、入れる時よりも抜くときの方が快感は大きい。それを初めて体験した梲は、意外な感覚に髪を振り乱して声を上げた。後ろを刺激されながら、梲のアソコはそれまで以上に濡れ続けている。思わず始めてしまったアナル調教だが、ノーマルなセックスに飽きたらもっと試してみるのもいいかも知れない。

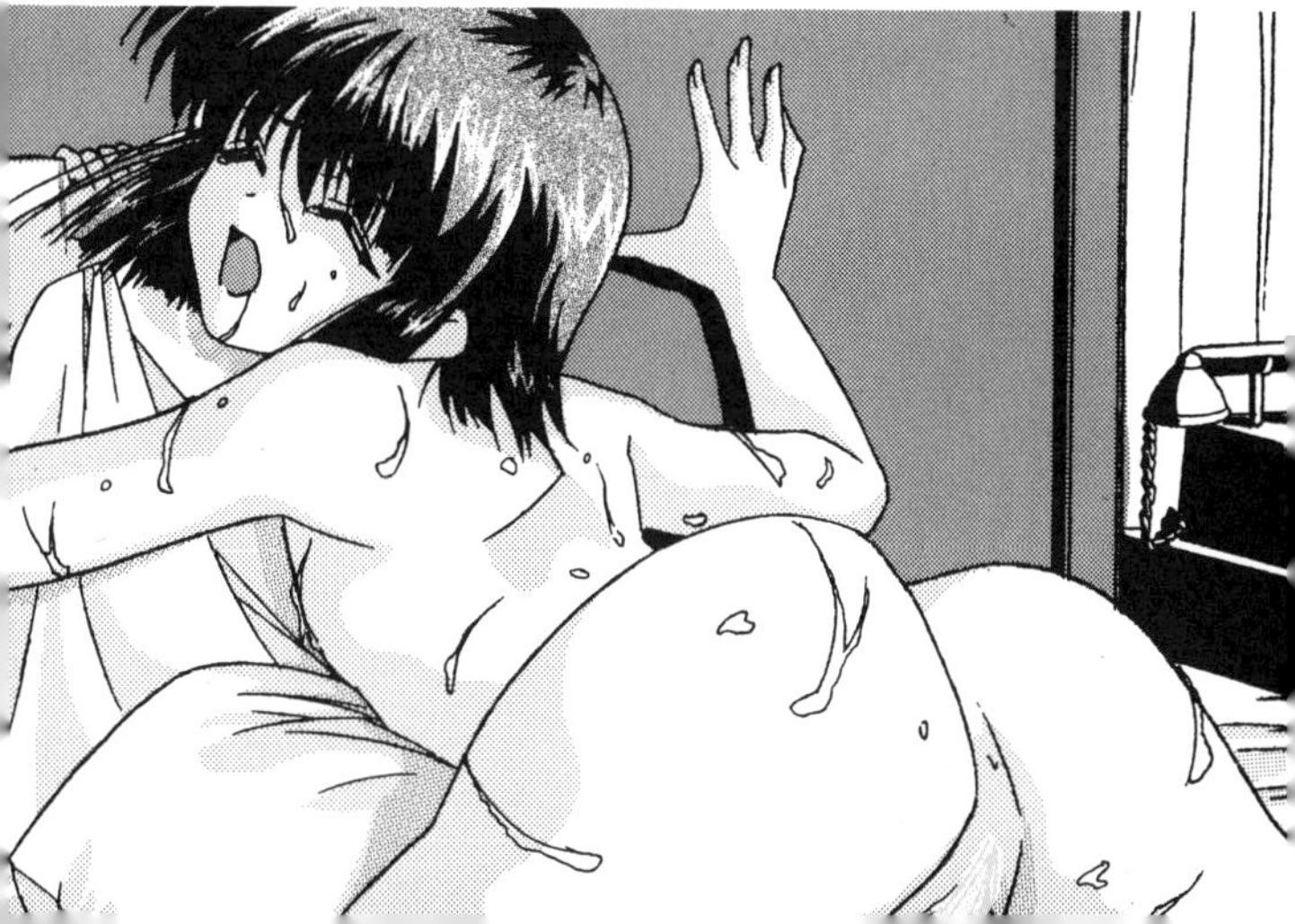

だが、とりあえず今回は、今まで通りの方が椛を怯えさせないで済むだろう。

「悪かったな、椛。普通にやろう」

「……は、はい……」

ホッしたような顔をする椛に、元通り仰向《あおむ》けになるように命じると、和人はゆっくりと身体を重ねていった。すでに十分に濡れている椛に肉棒を押し当てると、両脚を抱え上げて、一気に根本まで挿入した。

「あふッ……はあああ……」

ひとつになると、椛は大きく熱い息を吐いた。初めての時にあれほど痛がっていたのが嘘《うそ》のようだ。うっとりとした表情を浮かべ、和人がなにも言わないうちから自分でもぞもぞと腰を動かし始めている。まだ拙《つたな》い動きではあるが、どうすればより快感を得られるのかを知らない内に身体が覚えてしまっているのだろう。

「動くぞ、いいか？」

「あ……は、はい……」

椛の答えを待つまでもなく、和人は少しずつ腰を動かし始めた。繋《つな》がっている部分に目を向けると、椛の小さなアソコは限界まで拡がって和人を受け入れている。乱暴にすればこんな華奢《きゃしゃ》な身体などすぐにでも壊れてしまいそうだが、椛の表情を見ている限りそうでもないようだ。

　ならば、いつもよりももっと感じさせてやりたいと思い、和人は体勢を立て直すと、椛の中を掻《か》きまわすように突いていった。

「あッ、いやァ、あンッ……あひッ……だめッ、だめェ……！」

　急に激しくなった和人の動きに、椛はたまらず声を上げてシーツを握りしめる。これまで経験したことのない官能に、どう対応してよいのか分からないようだ。

「はぁッ、あうッ、そ、そんな激しく……あッ、はぁんッ！」

　突いては引き、突いては引き……と、和人は何度も椛を貫いた。腰を叩《たた》き付けるようなピストン運動に翻弄され、椛はベッドの上で身悶《みもだ》え、のたうちまわっている。

　和人は片手を伸ばして、動きに合わせてプルプルと揺れている胸を掴《つか》んだ。全身を包む快楽に呼応するように、椛の乳房も火照って熱くなり、柔らかさを増している。和人は硬くなった乳首を摘《つま》み上げながら、ベッドが軋《きし》んで音を立てるほどに腰を打ちつけていった。

「やぁッ……ンッ、変になっちゃう……くうぅッ！」

「椛……中に出してもいいか？」

「えっ⁉　で、でも……そんな、こと……したら……赤ちゃんが……」

　熱に浮かされたような口調ながらも椛は躊躇いをみせる。

　和人も、いつもなら妊娠することを考慮して膣外《ちつがい》に射精するところだが、今日は椛の身体の中に自分自身をぶちまけてしまいたい衝動に駆られたのである。そうすることで、椛との絆《きずな》がより深いものになるような気がしたのだ。

「その時はその時だ、イクぞ」

「あ……は、はい……」

椛は諦めたように頷いて、抵抗らしい抵抗をしようとはしなかった。

拒否できる立場ではないこともあるが、和人がこれまでとは違うなにかを求めてきていることに気付いていたのかも知れない。本来ならどうしようと自由のはずなのに、一方的とはいえ和人は椛に頼んでいるのだから。

「あッ……あッ、私……も、もう……」

和人がラストスパートを掛けるように腰の動きを速めていくと、椛は顔を真っ赤にしながら、唇を半開きにしたまま、ふあぁと声を上げる。

「椛……っ！」

和人のモノがカッと熱くなった。椛の内部が熱く蠢いて、和人を、奥へと引きずり込むような動きでねっとりと絡みついてくる。

「あふッ……か、和人……さんっ」

椛はすがるようにして和人の首にしがみついてきた。途端に和人を包む彼女の内部がギュッと縮む。椛の熱い吐息を首筋に感じた和人は、その瞬間に限界まで高まった欲望を一気に解き放った。

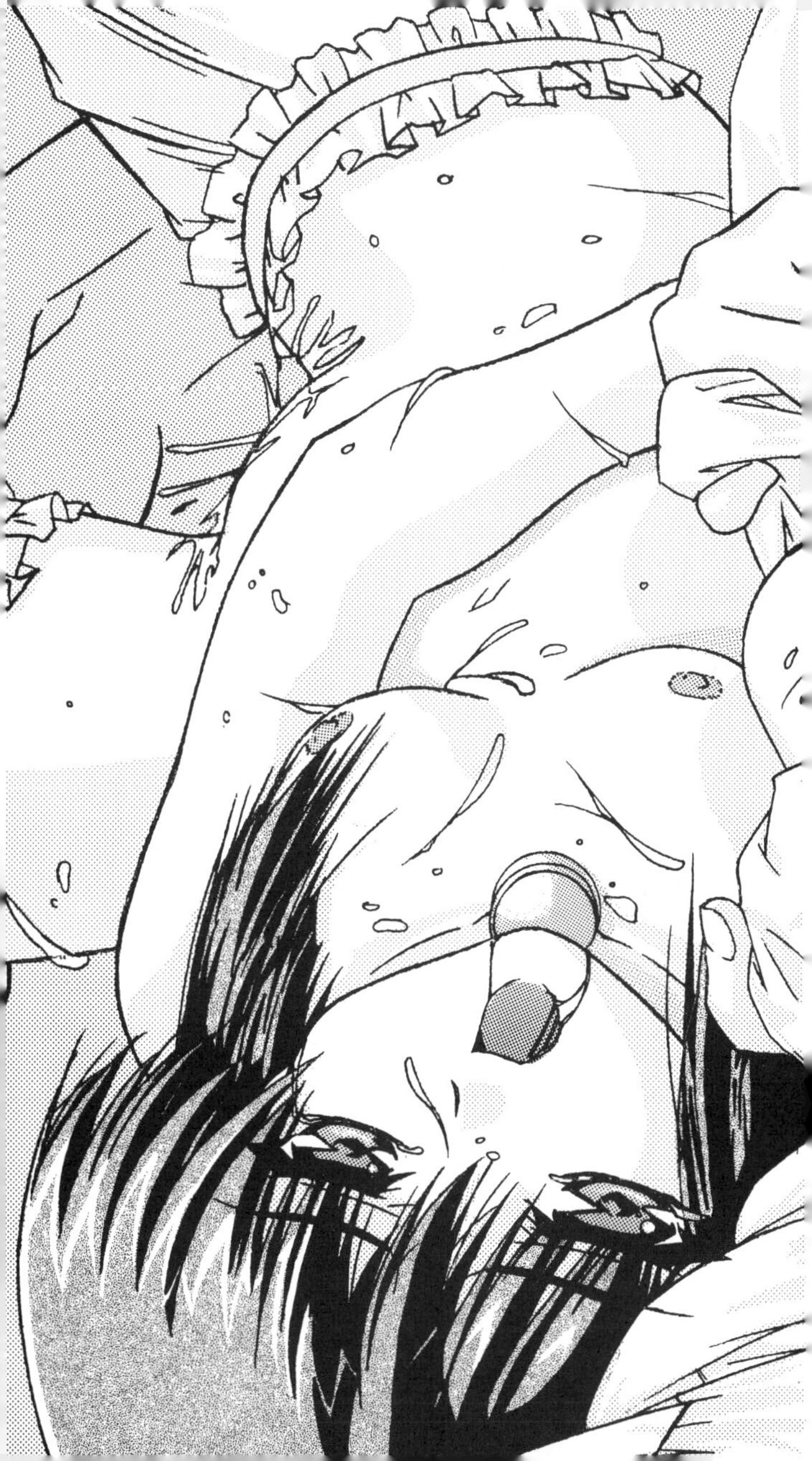

「あっ……」

膣内に精子が放出されるのを感じたのか、椛は小さく叫んで全身を震わせる。

和人は椛が達してしまっても動きを止めず、最後の一滴まで注ぎ込むかのように内部を突き上げ続けた。やがて椛が脱力したように身体を弛緩《しかん》させると、和人は、そっと薄く開いたままの唇に口づけた。

これで椛と交わったのは何度目になるのか分からない。

だが、今までとは違った達成感が和人の全身を包んでいた。なんだか、初めて椛という少女を抱いたような感じだ。そんな気持ちを、肌の触れ合いを通して汲《く》み取ったかのように、椛はそっと身体を擦《す》り寄せてきた。


しばらくベッドの上で抱き合ったままでいると、不意に部屋のドアがノックされた。

「……誰だ？」

「静流です」

「この時間は緊急な用件でない限り、部屋にはくるなと言っておいたはずだ」

和人が手早く服を身に着けながら言うと、

「だから、緊急な用なんです」

と、静流は動じることもなく言った。

その割には、声はいつもと変わらず落ち着いたものだ。なんにしても緊急と言う以上は対応しなければならないだろう。和人が服を着るように身振りで指示すると、椛はこくりと頷き、急いで衣服を整え始めた。

「静流さん、わざわざ和人さまの部屋に呼び出すなんて、何事なの？」

ドアの外には真理の声まで聞こえてきた。

その迷惑そうな口調からすると、どうやら真理も渋々やって来たらしい。

「あなたが叱《しか》られるのは勝手だけど……」

「いいから、いいから。とにかく失礼します」

真理を軽くいなすと、静流は和人の許可も得ずに勝手にドアを開けて入って来た。

なんとか服を着終えた椛は、入って来た静流に軽く会釈する。

「あらあら、椛ちゃんもいたのね。ちょうどよかった」

……最初から承知しているくせに白々しい。

「申し訳ございません。和人さま」

続いて真理が入って来た。静流はあっけらかんとしているが、真理は出入りを禁止される時間にやって来たことに恐縮しているらしい。

「それで、なにが緊急だって？」

「そうそう、実はパーティをしなくちゃいけないことに、さっき気付いたんですよ」

和人が問うと、静流はパンと両手を叩いて笑みを浮かべた。

「パーティ？」

「そうです。早くしないと、日付が変わってしまいますからね」

「ちょっと待て、なんのパーティだ？」

「もちろん、お誕生日パーティですよ」

当たり前じゃないですか……という顔をして、静流は和人を見つめた。

「誕生日って、誰の？」

「椛ちゃんの誕生日に決まってるでしょう」

「え……!?」

静流の言葉に、椛は目を丸くした。

「つまり、今日は椛さんの誕生日だからパーティをする……と言いたいワケね？」

「もう、だからさっきからそう言ってるじゃないですかぁ」

真理の質問に静流は苦笑しながら答えた。

「やっぱり、バースデーパーティはお誕生日のうちにやらないと。……ホラ、支度を手伝ってください」

「……………………」

ひとりではしゃいでいる静流を唖然《あぜん》と眺め、和人と椛は思わず顔を見合わせる。ここははっきりと教えてやった方が本人のためだろう。

「あのな……静流」

「はい？」

「椛の誕生日は明日だ」

「……えっ⁉」

静流はギクリと身体を硬直させた。どうやら真理も、そのことには気付いていたらしく、顔をしかめて力なく首を振っている。

「そんな……それじゃ、私の勘違いですか？」

和人が頷くと、

「そんなぁ～」

と、静流はぺたんと床に座り込んでしまった。

「真理さんの目を盗んで、一生懸命にケーキを作ったのに」

「どうりで夕方から見掛けないと思ったら……」

真理は怒るというより、呆れた顔で静流を見た。

話せば反対されるとでも思ったのだろうが、真理に話さずにいたことが、かえって失敗の原因になってしまったようだ。まあ、静流らしいと言えば静流らしい。

「…………………」

梳が和人の服の袖《そで》を引っ張ると、すがるような目を向けてくる。なにを言いたいのかはすぐに理解できた。梳としては、自分のためにパーティの用意をしてくれた静流をこのまま放っておくこともできないだろう。

……まあ、仕方がないな。

和人は、今にも泣きだしてしまいそうになっている静流の前にしゃがんだ。

「パーティ……やっていいぞ、静流」

「でも、今日はまだ……」

「こんな時間だ。パーティやってるうちに、明日になるさ」

静流が戸惑うように顔を上げると、和人の横で梳も小さく頷いた。

「……そうですよね。わっかりました」

気持ちを切り替えるかのように、静流は勢いよく立ち上がった。立ち直りが早いのはいつものことだが、ここまで極端だと唖然としてしまう。

「それじゃ、早速やりましょう。私はケーキを持ってきますから、真理さんは飲み物をお願いしますね」

静流の言葉に、真理は和人をチラリと見る。これでいいのか……と、いう感じだ。

和人が頷き返してやると、

「……仕方ありませんね」

と、真理はめずらしく苦笑を浮かべ、諦めたように肩をすくめた。


こうして、ちょっと早い椛の誕生パーティが始まった。

パーティと言っても、参加者は当事者の椛を除くと和人と真理、静流の三人だけというささやかなものだ。豪華な食事や高価な贈り物もなく、静流の手作りのケーキと真理が用意したシャンパンやジュースがあるだけである。

それでも、椛は笑顔を見せていた。

「こんなふうに……祝ってもらうなんて……」

自分の誕生日などなんの関心もないという顔をしていたが、こうして実際にパーティが開かれると、やはり感動せずにいられないのだろう。

「俺も……こんな形で誰かの誕生日を祝うのは初めてだ」

何度か、義理で他企業の子息の誕生パーティには出席したが、あんなのは周囲の大人《おとな》たちがビジネス活動の一環として行っているだけのことであって、とても当人を祝うような雰囲気ではない。親しい友人のいない和人にとって、本当の意味での誕生パーティを行うのは、これが初めての経験であった。

「そう……ですか……」

椛は和人の話を聞いて、少し複雑そうな表情を浮かべた。

おそらく、同じように友人のいなかった椛も似たようなものだったのだろう。唯一、本当の両親が祝ってくれた以外は……。

「それじゃ……今度は……」

椛は躊躇いがちに口を開いた。

今度は和人の誕生日にパーティをしましょうという意味だろう。母親のこともあるので、実際に行うかどうかは別としても、和人は椛の心遣いが嬉《うれ》しかった。

「ああ、楽しみにしてる」

和人がそう言うと、椛ははにかんだように笑みを浮かべて頷いた。

「ハーイ、和人さん。ケーキですよ」

静流が切り分けた手作りのケーキを運んできた。和人は皿ごとそれを受け取りながら、ふと思い立って質問してみた。

「静流……どうして、椛の誕生パーティなんかしようと思ったんだ？」

「どうしてって……椛ちゃんのお祝いをしたかったからに決まってるじゃないですか」

「俺が反対するとは思わなかったのか？」

「和人さんが反対するはずないでしょう」

静流はそう言って片目をつぶってみせた。ずっと和人だけを見つめ続けてきたのだ。和人の、椛に対する心の変化などお見通しなのだろう。

もはや反論する気にもなれず、和人は苦笑するしかなかった。

「静流は……この屋敷を出ようと思わないのか？」

「え……？」

「お前にその気があるなら、親父《おやじ》に頼んでやってもいいぞ」

幼い頃から姉のように心を配ってくれた静流に、和人は他に報いる方法を持たなかった。できることと言えば、静流を御門家の呪縛《じゅばく》から解き放つことぐらいしかないのだ。

だが……。

「……和人さんは、私がいないほうがいいですか？」

静流は不意に声のトーンを落として俯いた。

「いや……そんなことはないが……」

「だったら、いいじゃないですか。今のままで」

パッと顔を上げると、静流は一転して明るい口調になる。

「私がここを去る時は、和人さんが一人前になった時です」

「おいおい、まだ俺を子供扱いするのか？」

「ふふふっ……」

静流は笑顔を浮かべて和人を見た後、そのまま椛の方を振り返った。

「だけど……それはもう、そんなに遠いことじゃないかも知れないですね」

「え……？」

「さあ、ケーキは沢山《たくさん》ありますから、どんどん食べてくださいね」

はぐらかすように言うと、静流は椛の方へと歩いていく。和人がぼんやりとその後ろ姿を見つめていると、真理がスッとグラスを差し出してきた。

「どうぞ、シャンパンです」

「こんな時間に災難だったな、真理」

グラスを受け取りながら言うと、真理は苦笑を浮かべた。

「はい……でも、たまにはこういうのもいいかも知れないと思えてきました」

「ほう……」

真理がこんなことを言うのはめずらしい。もっとも、椛に対して一線を引いた態度でしか接しようとしなかった真理が、文句も言わずにこのパーティの準備を手伝ったこと自体が異例だとも言える。

「私は……間違っていたのかも知れません」

真理は、静流と談笑している椛をチラリと見た。

「どういうことだ？」

「和人様は……最近、よくお笑いになられるようになりました」

「そうか……？」

それほど自覚はしていなかったが、言われてみればそんな気もする。

「静流さんの意見が正しかったのかも……」

真理はひとり言のように呟くと、手にしていたシャンパンをグッと飲み干した。

「私は……自分にできないから、他の者にもできないできないと勝手に思いこんでいたのかも知れません」

「……椛のことか？」

「それもありますが、他のことに関してもです」

そう言って真理が笑みを浮かべた時、食堂にあった時計が午前0時を示した。

「あ、日付が変わりました」

静流の言葉に、和人たちは一斉に椛を見る。

「ハッピーバースディ、椛」

「ハッピーバースディ」

椛は照れたような表情を浮かべ、自分を見つめる三人に向かってペコリと頭を下げる。

いつの間にか静流が用意していたクラッカーが、ぱあんと賑《にぎ》やかな音を立てた。

エピローグ

そして、数週間後……。

「和人さん……朝です……」

どこか遠慮がちな声に、和人はうっすらと目を開けた。

窓から差し込む朝の光と、初夏の風に揺れる白いカーテン。そして、少し困ったような表情を浮かべる椛の姿が視界に入った。

「なんだ……もう、そんな時間か……？」

和人はベッドから身体《からだ》を起こすと、睡魔をはね除けるように大きなあくびをした。その姿に、部屋まで起こしに来ていた椛はクスリと笑う。

「ふふっ……おはようございます」

「ん……ああ、おはよう」

ぼんやりとかすむ目を擦《こす》りながら、和人はいつの間にか表情の豊かになった椛を見た。

まだ以前の無表情から少しマシになったという程度だが、椛は徐々に変わりつつある。

静流に言わせれば、それは和人も同じらしいのだが……。

「今日は日曜日だったたな……」

「はい。……あの、起こさない方がよかったですか？」

椛はおそるおそるという感じで訊《き》いてきた。

「……いや、日曜日は学園にいかないだけで、スケジュールは普段と変わらんからな」

「そう……ですか……」

「椛こそ、日曜ぐらいはゆっくり寝ていたいんじゃないのか？」

ホッとした様子の椛に尋ねると、彼女はふるふると首を振る。

椛も、和人と同じ日常を送っているのだから当然だろう。ましてや、椛の立場としては、いつまでも朝寝坊しているわけにはいかないのである。

「今日は……なにか予定はあるのか？」

「………………」

椛は無言で首を振った。相変わらず友達のできない椛に、日曜日に特別な用事があるはずもない。変わったとはいえ、わずか数週間ですべてが変化するはずはないのだ。

「じゃあ、またどこかへ連れていってやろう」

「え……？」

「まだ誕生日プレゼントも渡してなかったしな」

「あ……別に……そんなのは……」

椛は恐縮するように後退《あとずさ》った。

「前にも言ったが、別に物でなくてもいいんだぞ」

「……私は……なにも……」

小さく首を振る椛を無視して、和人は一方的に言った。

「たとえば……俺《おれ》から自由になりたい、とか」

「え……っ⁉」

和人の言葉に、椛は驚いた表情を浮かべて身体を硬直させる。まさか、和人の口から、いきなりこんな言葉が出るとは想像もしていなかったのだろう。

だが、それは和人が数日前からずっと考え続けていたことであった。

椛を自由にしてやろう……と。

「もちろん、生活費や学費は今まで通り援助しよう。住む家も俺が見つけてやるし、ひとりで暮らすことができないのなら静流を着いていかせてもいいぞ」

「あ、あの……どうして……」

椛は突然の話に呆然《ぼうぜん》としている。疑問を感じるのは当然だろう。和人は、金を使って裏から手をまわし、ようやく椛を自分のものにしたのだ。それを急に手放してもよいと言っているのである。

「さあ……何故《なぜ》だか、俺にもよく分からない」

和人は素直にそう言って苦笑した。ただ、観察対象でしかなかった椛を愛《いと》おしいと思い始めた時点で、現在のような関係を維持することはできないと考えたのだ。和人にとって、椛は単なる物ではなく、ひとりの女の子になったのである。

「おまえにとって、悪い話ではないだろう？」

「…………………」

椛は和人の質問に答えず、何故か悲痛な表情を浮かべている。性格上、手放しに喜ぶとは思っていなかったが、これほど悲しそうな顔をするとは意外であった。

「あの……それは、私に……出ていけということなのですか？」

「いや、別にそういうわけではないが……」

椛の予想外の反応に、和人は戸惑ってしまった。

「俺に仕えるのが嫌じゃないのか？」

「あの……私は……和人さんのことが……」

椛は顔を真っ赤にして俯《うつむ》きながら、消え入りそうな声で囁《ささや》く。

「……好き……かも知れません……」

「…………」

大胆な発言に、和人は唖然《あぜん》として椛を見つめた。

あるいは……とは思っていた。だが、これまで和人がしてきたことを考えれば、とてもあり得ないはずであった。

……好きかも知れない、か。

なんだか、椛の戸惑いが伝わってくるような言い方だ。

「おまえは自分の立場が分かっているのか？」

和人の言葉に、椛はビクッと身体を震わせた。

「……分かっています。でも……」

椛は潤んだ瞳《ひとみ》に決意を込めて、和人をまっすぐに見つめた。椛が、これほどはっきりと自己主張するのもめずらしい。やはり、いつの間にか椛は変わっている。

そして、それは和人も同じであった。

「だったら、このままここにおいてやってもいい。だが、お前は静流や真理とは違うんだ。ここにいるからには条件がある」

「は、はい……」

椛は神妙な顔をして和人の言葉を待った。

「俺の……恋人になれ」

「……えっ⁉」

「そうでもなければ、一緒にいる意味がないだろう。……それも嫌か？」

「そっ……それは……分かりません」

突然の申し出に、椛は狼狽《うろた》えたように首を振った。

無論、和人は明確な答えなど期待してはいない。そう言った和人自身も、椛と恋人になれるかどうか分からないのだ。第一、恋人という関係がどういうものかさえ、今の和人や椛には理解できないのだから……。

「分からないということは、少なくとも俺を嫌いではないんだろう？」

「は、はい……それは……」

「だったらそれでいい。今は……な」

和人は椛に近寄ると、そっと抱き寄せて唇を重ねた。

「んっ……」

今まで一番優しいキス。

椛は拒むどころか、両手で和人の頬《ほお》を挟むように触れてきた。

好き……かも知れない。

だから、一緒にいたい。

そう、今はこれで十分だ。

これからまだ、ふたりの時間はいくらでもあるのだから……。

END

あとがき

こんにちはっ、雑賀匡です。

今回はルネ様の「もみじ」をお送りいたします。

前作で書いた「看護しちゃうぞ」と同じ名前のヒロインなのですが、元気な紅葉ちゃんに対して、こちらは儚げな雰囲気を持つ椛ちゃんです。

おとなしい娘なので、どうしても台詞に「……」が多くなってしまいましたが、この中にこそ、本当に椛ちゃんの言いたい言葉が含まれているんですよね。

主人公である和人くんも、同じく不器用な性格です。椛ちゃんを想うようになっても、それをうまく伝えることができないのは、やはり言葉を上手に使えないからです。

言葉って大切ですね。


では、最後にK田編集長とパラダイムの皆様、お世話になりました。

そして、この本を手に取ってくださった方にお礼を申し上げます。また、お目にかかれる日を楽しみにしております。

雑賀　匡

もみじ「ワタシ…人形じゃありません…」

2001年9月20日 初版第1刷発行

著 者 雑賀 匡
原 作 ルネ
原 画 川合 正起

発行人 久保田 裕
発行所 株式会社パラダイム
〒166-0011東京都杉並区梅里2-40-19
ワールドビル202
TEL03-5306-6921 FAX03-5306-6923

装 丁 林 雅之
印 刷 株式会社秀英

乱丁・落丁はお取り替えいたします。
定価はカバーに表示してあります。

既刊ラインナップ

定価 各860円+税

1 悪夢～青い果実の散花～ 原作:スタジオメビウス
2 脅迫 原作:アイル
3 痕～きずあと～ 原作:リーフ
4 慾～むさぼり～ 原作:May-Be SOFT TRUSE
5 黒の断章 原作:Abogado Powers
6 淫従の堕天使 原作:DISCOVERY
7 Esの方程式 原作:Abogado Powers
8 歪み 原作:May-Be SOFT TRUSE
9 悪夢 第二章 原作:スタジオメビウス
10 瑠璃色の雪 原作:アイル
11 官能教習 原作:テトラテック
12 復讐 原作:クラウド
13 淫Days 原作:ルナーソフト
14 お兄ちゃんへ 原作:ギルティ
15 緊縛の館 原作:XYZ
16 密猟区 原作:ZERO
17 淫内感染 原作:ジックス
18 月光獣 原作:ブルーゲイル
19 告白 原作:ギルティ
20 Xchange 原作:クラウド
21 虜2 原作:ディーオー
22 飼 原作:13cm
23 迷子の気持ち 原作:フォスター
24 ナチュラル～身も心も～ 原作:フェアリーテール
25 放課後はフィアンセ 原作:スィートバジル
26 骸～メスを狙う顎～ 原作:SAGA PLANETS
27 朧月都市 原作:GODDESSレーベル
28 Shift! 原作:Trush
29 いまじねぃしょんLOVE 原作:U・Me SOFT
30 ナチュラル～アナザーストーリー～ 原作:フェアリーテール
31 キミにSteady 原作:ディーオー
32 ディヴァイデッド 原作:シーズウェア
33 紅い瞳のセラフ 原作:Bishop
34 MIND 原作:まんぼうSOFT
35 錬金術の娘 原作:BLACK PACKAGE
36 凌辱～好きですか？～ 原作:アイル
37 My dearアレながおじさん 原作:ブルーゲイル
38 狂＊師～ねらわれた制服～ 原作:クラウド
39 UP! 原作:メイビーソフト
40 魔薬 原作:FLADY
41 臨界点 原作:スィートバジル
42 絶望～青い果実の散花～ 原作:スタジオメビウス
43 美しき獲物たちの学園 明日菜編 原作:ミンク
44 淫内感染～真夜中のナースコール～ 原作:ジックス
45 MyGirl 原作:Jam
46 面会謝絶 原作:シリウス
47 偽善 原作:ダブルクロス
48 美しき獲物たちの学園 由利香編 原作:ミンク
49 せ・ん・せ・い 原作:ディーオー
50 sonnet～心かさねて～ 原作:ブルーゲイル
51 リトルMyメイド 原作:スィートバジル
52 flowers～ココロノハナ～ 原作:CRAFTWORKside・b
53 サナトリウム 原作:ジックス
54 はるあきふゆにないじかん 原作:トラヴュランス
55 プレシャスLOVE 原作:BLACK PACKAGE
56 ときめきCheck in! 原作:クラウド
57 散櫻～禁断の血族～ 原作:シーズウェア
58 Kanon～雪の少女～ 原作:Key
59 セデュース～誘惑～ 原作:アクトレス
60 RISE 原作:RISE
61 虚像庭園～少女の散る場所～ 原作:BLACK PACKAGE TRY
62 終末の過ごし方 原作:Abogado Powers
63 略奪～緊縛の館 完結編～ 原作:XYZ

パラダイム出版ホームページ　http://www.parabook.co.jp

64 Touch me～恋のおくすり～
原作:ミンク

65 淫内感染2
原作:ジックス

66 加奈～いもうと～
原作:ディーオー

67 PILE☆DRIVER
原作:ブルーゲイル

68 Lipstick Adv.EX
原作:フェアリーテール

69 Fresh!
原作:BELL-DA

70 脅迫～終わらない明日～
原作:アイル【チーム・Riva】

71 うつせみ
原作:BLACK PACKAGE

72 X change2
原作:クラウド

73 M.E.M.～汚された純潔～
原作:アイル【チーム・ラヴリス】

74 Fu・shi・da・ra
原作:ミンク

75 絶望～第二章～
原作:スタジオメビウス

76 Kanon～笑顔の向こう側に～
原作:Key

77 ツグナヒ
原作:ブルーゲイル

78 ねがい
原作:RAM

79 アルバムの中の微笑み
原作:curecube

80 ハーレムレーサー
原作:Jam

81 絶望～第三章～
原作:スタジオメビウス

82 淫内感染2～鳴り止まぬナースコール～
原作:ジックス

83 螺旋回廊
原作:ruf

84 Kanon～少女の檻～
原作:Key

85 夜勤病棟
原作:ミンク

86 使用済～CONDOM～
原作:ギルティ

87 真・瑠璃色の雪～ふりむけば隣に～
原作:アイル【チーム・Riva】

88 Treating 2U
原作:ブルーゲイル

89 尽くしてあげちゃう
原作:トラヴュランス

90 Kanon～the fox and the grapes～
原作:Key

91 もう好きにしてください
原作:システムロゼ

92 同心～三姉妹のエチュード～
原作:クラウド

93 あめいろの季節
原作:ジックス

94 Kanon～日溜まりの街～
原作:Key

95 贖罪の教室
原作:ruf

96 ナチュラル2 DUO 兄さまのそばに
原作:フェアリーテール

97 帝都のユリ
原作:スィートバジル

98 Aries
原作:サーカス

99 LoveMate～恋のリハーサル～
原作:ミンク

100 恋ごころ
原作:RAM

101 プリンセスメモリー
原作:カクテル・ソフト

102 ぺろぺろCandy2 Lovely Angels
原作:ミンク

103 夜勤病棟～堕天使たちの集中治療～
原作:ミンク

104 尽くしてあげちゃう2
原作:トラヴュランス

105 悪戯III
原作:インターハート

106 使用中～W.C.～
原作:ギルティ

108 ナチュラル2 DUO お兄ちゃんとの絆
原作:フェアリーテール

109 特別授業
原作:BISHOP

110 Bible Black
原作:アクティブ

111 星空ぷらねっと
原作:ディーオー

112 銀色
原作:ねこねこソフト

113 奴隷市場
原作:ruf

114 淫内感染～午前3時の手術室～
原作:ジックス

115 懲らしめ 狂育的指導
原作:ブルーゲイル

116 傀儡の教室
原作:ruf

117 インファンタリア
原作:サーカス

118 夜勤病棟～特別盤 裏カルテ閲覧～
原作:ミンク

119 姉妹妻
原作:13cm

120 ナチュラルZero+
原作:フェアリーテール

121 看護しちゃうぞ
原作:トラヴュランス

123 椿色のプリジオーネ
原作:ミンク

125 エッチなバニーさんは嫌い?
原作:ジックス

126 もみじ「ワタシ…人形じゃありません」
原作:ルネ

●好評発売中！

〈パラダイムノベルス新刊予定〉

☆話題の作品がぞくぞく登場！

122.みずいろ

ねこねこソフト　原作
高橋恒星　著

　ごく普通の学園生活を送る主人公。そんな主人公をとりまくのは、幼なじみや学校の先輩、そしてかわいい妹たちだ。女の子たちとの楽しい生活は、自然と恋愛感情に発展してゆく。ごく普通の、淡い恋物語。

127.注射器2

アーヴォリオ　原作
島津出水　著

　原因不明の腹痛で病院にかつぎ込まれた主人公。そこで再会したのは、看護婦になった昔の彼女・桜子だった。院内には彼女のほかにも、かわいい看護婦がいっぱい。桜子の目を盗み、看護婦にアタックするが…。